L'AUBERGE DES ADRETS,

DRAME EN TROIS ACTES, A SPECTACLE,

PAR

MM. BENJAMIN, SAINT-AMANT ET PAULYANTHE;

MUSIQUE DE M. ADRIEN; BALLETS DE M. MAXIMIEN;
DÉCORATIONS DE MM. JOANNIS ET DÉFONTAINES.

Représenté pour la première fois, à Paris, sur le théâtre de l'Ambigu-Comique,
le 2 juillet 1823;

et repris, sur le théâtre de la Porte-Saint-Martin, le 28 janvier 1832.

DISTRIBUTION DE LA PIÈCE:

ROBERT MACAIRE, sous le nom de RÉMOND.	{ M. FRÉDÉRIC LEMAITRE. { M. DELAITRE.
BERTRAND, ancien camarade..	M. SERRES.
DUMONT, aubergiste....................	M. MOESSARD.
GERMEUIL, cultivateur.............. ...	M. HÉRET.
CHARLES, fils adoptif de Dumont..........	M. ALFRED.
PIERRE, garçon d'auberge.	M. TOURNAN.
ROGER, brigadier de gendarmerie..........	M. VISSOT.
MARIE, pauvre femme...................	Mlle GEORGES cadette.
CLÉMENTINE, fille de Germeuil...........	Mlle ADÈLE.
UN GARÇON D'AUBERGE........	M. RIFFAUT.
UN NOTAIRE.	

PAYSANS et PAYSANNES, MUSICIENS, GARÇONS D'AUBERGE, et GENDARMES.

La scène se passe à l'auberge des Adrets, sur la route de Grenoble à Chambéry.

ACTE PREMIER.

Le théâtre représente la cour de l'auberge de Dumont. Elle est fermée au fond par une haute haie au milieu
de laquelle est pratiquée une porte d'entrée; à gauche de l'acteur, l'entrée de l'auberge; au premier plan,
du même côté, la porte d'un caveau; à gauche, des arbres sous lesquels sont placées des tables.

SCÈNE I.

PIERRE, GARÇONS D'AUBERGE.

(Au lever du rideau, des garçons de l'auberge sont occupés
à ranger les tables, d'autres boivent. A l'arrivée de
Pierre, ils restent interdits.)

PIERRE.

Eh bien! qu'est-ce que vous faites donc là,
vous autres?

UN GARÇON.

Ce que nous faisons?... rien.

PIERRE.

Comment, rien?... Est-ce que vous croyez
que je ne vous ai pas vus!...

UN GARÇON.

Je vous assure bien, monsieur, que...

PIERRE.

Laissez donc. Est-ce que je ne vous ai pas
vus prendre cette bouteille... verser comme ça?
(il se verse.) et puis faire comme ça? (il boit.).
Non, je ne vous ai pas vu prendre... Allons,
allons, dépêchons-nous. Que tout soit prêt lorsque M. Germeuil et sa fille arriveront. Voyons
ces tonneaux: placez cette planche dessus.
C'est ici que sera l'orchestre... bien, c'est ça.
Que de mal, que de mal pour faire marcher
tous ces gens-là !... Eh bien! qu'est-ce? Quand
vous me regarderez là, les bras ballants, l'ou-
vrage n'avance pas. N'avez-vous affaire qu'ici?
Allez au jardin préparer les bouquets... Vous,
montez du vin de la cave. — Vous autres, dis-

posez la vaisselle et la batterie de cuisine. Allez donc, mais allez donc plus vite que ça... Ils me feront perdre la tête.

(Les garçons rentrent dans l'auberge.)

SCÈNE II

PIERRE, DUMONT, CHARLES.

DUMONT, qui a entendu les dernières paroles de Pierre.

Eh bien! Pierre, nos préparatifs avancent-ils? De l'activité, mon garçon?

PIERRE.

Il m'en faut bien avec ces gens-là, je vous en réponds. Si l'on n'était pas ainsi à les surveiller, le moment arriverait et rien ne serait prêt.

DUMONT.

Je t'ai donné mes pleins pouvoirs, ne néglige rien; ne ménage point la cave, sur-tout! je veux aujourd'hui que les violons, l'amour, le vin vieux et le bonheur mettent tout le monde dans l'ivresse.

CHARLES, à Dumont.

Que de bonté! (A Pierre.) Tous ces préparatifs te causent bien du tracas, bien de la peine, à toi, mon pauvre Pierre?

PIERRE.

Bon! laissez donc; le mouvement est utile à ma santé. Et d'ailleurs, pour d'aussi bons maîtres, il n'est rien qu'on ne fasse. Eh ben? monsieur Charles, le voilà donc arrivé, ce fameux jour! C'est aujourd'hui que M. Germeuil vous amène votre prétendue, m m'selle Clémentine!

CHARLES.

Hélas!

PIERRE.

Comment diable! à la veille d'épouser celle que vous aimez, vous paraissez triste, inquiet?

CHARLES.

Moi, mon ami? point du tout.

PIERRE.

Si fait, si fait. N'est-ce pas not' bourgeois? ne trouvez-vous pas aussi...?

DUMONT.

En effet. Mais j'attribue cette préoccupation à l'importance de l'engagement qu'il va contracter.

PIERRE.

Ah! c'est vrai que c'est bien fait pour causer un peu de tintouin. C'est pas que j' pense... Ah mon Dieu! ben au contraire...

DUMONT.

Je pense, moi, que tu babilles, tandis qu'il faut agir.

PIERRE.

A! pardon... Non, mais c'est que, quand j' parle comme ça, j' m'amuse à jaser, là, et puis... et puis vous avez raison, il me reste encore bien des choses à faire là-dedans... Je vous quitte.

SCÈNE III.

DUMONT, CHARLES.

DUMONT.

Tu le vois, mon ami, je n'ai point été le seul à m'apercevoir de ta tristesse. Clémentine sera bientôt ici; que pensera-t-elle de son Charles, si elle ne voit pas briller dans tous ses traits la joie que doit lui causer l'heureux évènement qui se prépare?

CHARLES.

Ah! lorsque M. Germeuil connaitra le fatal secret que vous m'avez révélé, voudra-t-il encore consentir à mon mariage avec sa fille?

DUMONT.

D'abord il ne pourrait pas se conclure sans cette confidence, que j'ai peut-être un peu tardé à faire; mais ensuite, Germeuil est trop juste, trop sensé pour partager un préjugé funeste; il n'en continuera pas moins à reconnaitre en toi l'amant aimé de sa Clémentine et le vertueux fils de son ancien ami.

CHARLES.

Oh! oui, votre fils, ce titre m'est bien doux! mais vous avez détruit mon bonheur en m'apprenant...

DUMONT.

Je le devais. Il était bien naturel qu'à toi d'abord, je fisse part d'un secret qui t'intéresse si vivement.

CHARLES.

Puisse-t-il ne pas causer mon malheur!

DUMONT.

Plus de confiance, mon Charles. Quel autre conviendra mieux pour gendre à Germeuil? En te mariant, je te cède mon auberge. Tu es jeune, actif, plein d'honneur: la dot que t'apportera Clémentine ne peut manquer de fructifier entre tes mains. Va, mon vieil ami désire trop le bonheur de sa fille pour ne pas consentir à cette union.

CHARLES.

Que le ciel réalise votre espoir!

(On entend le bruit d'une voiture.)

DUMONT.

Mais qu'entends-je? serait-ce déjà nos voyageurs? Oui, je reconnais la carriole.

CHARLES, qui a été regarder.

Ce sont eux, c'est Clémentine.

DUMONT.

Holà! Pierre, Jacques, François, accourez!

CHARLES, à part.

Dans un moment mon sort sera décidé.

SCÈNE IV.

LES PRÉCÉDENTS; PIERRE, GARÇONS D'AUBERGE,
GERMEUIL et CLÉMENTINE.

(La carriole arrive derrière la haie qui est au fond du théâtre, et s'arrête. Germeuil et sa fille descendent. Cette
dernière reste dans le fond pendant que les garçons
d'auberge retirent les paquets et les cartons qui sont
dans la carriole; Charles reste près de Clémentine.)

GERMEUIL, à Dumont.

Bonjour, mon ami; tu ne nous attendais pas
si tôt, n'est-ce pas? que veux-tu? Clémentine
n'y tenait plus. Je crois que, pour arriver plus
matin, elle m'aurait volontiers fait passer la
nuit.

DUMONT.

A la veille d'une noce on a tant de choses à
se dire! Nous connaissons cela, mon ami : nous
avons passé par-là.

GERMEUIL.

Il n'y a pas jusqu'à ma petite jument Cocotte
qui semblait sentir qu'elle nous conduisait à
une fête.

DUMONT.

Mais que font-ils donc là-bas?

GERMEUIL.

Et le débarquement des toilettes! Ton auberge ne sera pas assez grande pour contenir
les cartons que nous apportons. Je ne suis pas
fâché que ce soit une affaire finie! En vérité je
ne sais pas comment la tête d'une femme peut
résister aux apprêts d'une noce.

CLÉMENTINE, aux garçons.

Prenez garde de chiffonner ces paquets. Sur-
tout ayez soin de ces cartons!

PIERRE.

Soyez tranquille, mam'selle.

(Il entre ainsi que les autres garçons emportant les cartons.)

GERMEUIL, à sa fille.

Allons, maintenant que les affaires sérieuses
sont terminées, viendras-tu embrasser ton futur beau-père?

CLÉMENTINE.

De tout mon cœur.

(Elle embrasse Dumont.)

GERMEUIL.

Et toi, mon Charles, que fais-tu là? Fau-
dra-t-il te donner la permission d'embrasser ta
femme?

CHARLES.

Monsieur Germeuil, le titre d'époux de Clémentine est le plus précieux auquel mon cœur
puisse aspirer; cependant l'honneur m'impose
la loi de ne point accepter ce titre avant que
vous ayez entendu mon père. Alors, vous pro-
noncerez, si vous me croyez encore digne d'obtenir la main de votre fille.

GERMEUIL, surpris.

Que veut-il dire?

DUMONT.

Je vais te l'apprendre pendant que Charles
aidera Clémentine dans ses grands rangements.

CLÉMENTINE.

C'est-à-dire que je ne dois point entendre...

DUMONT.

Plus tard vous saurez tout. (A Charles.) Con-
duis cette belle enfant. Je vous abandonne
pour ce soir en toute propriété la petite salle
du fond.

GERMEUIL.

Et ne tardez point à revenir.

(Ils entrent dans l'auberge avec les garçons.)

SCÈNE V.

DUMONT, GERMEUIL.

GERMEUIL.

Nous sommes seuls! Quel donc ce secret
auquel Charles semble attacher une si grande
importance?

DUMONT.

Ce n'est pas sans raison, mon ami, qu'il re-
doutait ce funeste moment, puisque des révé-
lations que je vais te faire dépend son sort à
venir.

GERMEUIL.

Et toi aussi! Ah çà, vous me faites trembler! explique-toi.

DUMONT.

Apprends donc ce que tout le monde ignore,
et ce que je ne puis te cacher en ce jour : Charles n'est pas mon fils!

GERMEUIL.

Charles, dis-tu, n'est pas ton fils?

DUMONT.

Non, mon ami. Il y a dix-huit à dix-neuf
ans... j'étais à Grenoble alors; j'eus le malheur
de perdre à-la-fois une épouse chérie et un fils
qu'elle venait de mettre au jour. Désespéré de
ce coup terrible, je me rendais chez un parent,
lorsque dans une auberge où je m'arrêtai, je
vis la foule rassemblée autour d'un enfant. Il
avait été déposé entre les mains de l'aubergiste
par une pauvre femme, qui, depuis, ne l'était
pas venue reprendre. Je jetai les yeux sur cet
enfant, que tout le monde repoussait, et, sé-
duit par l'idée d'attacher à ma vieillesse un être
sensible, qui me devrait tout, je le pris d'a-
bord sous ma protection...

GERMEUIL.

Sans t'informer...

DUMONT.

D'après le rapport de quelques cavaliers
qu'on avait mis sur les traces de la mère, cette
infortunée, détenue dans les prisons de Grenoble, sans doute pour quelques mauvaises
actions, mais que l'on traitait avec moins de
rigueur que les autres prisonniers à cause de
son état, avait trouvé le moyen de tromper la

vigilance de ses gardiens et s'était échappée.

GERMEUIL.

Et que devint-elle?

DUMONT.

Je l'ignore, on ne put découvrir sa retraite. Elle sera morte de misère dans quelques pays éloignés.

GERMEUIL.

Et nul indice, nul renseignement...

DUMONT.

Si fait, un papier que je trouvai enveloppé dans les vêtements, donne à l'enfant le nom de Charles, que je lui ai conservé ; ce nom est suivi de celui de Marie et de la lettre B, qui est sans doute la première du nom de famille de sa mère. Depuis ce temps, Charles a passé pour m'appartenir, et je n'ai qu'à m'applaudir d'une résolution qui, en ravissant peut-tre un infortuné au crime, m'a rendu le père du plus tendre des fils.

GERMEUIL.

Personne ici, dis-tu, ne connaît ce funeste secret?...

DUMONT.

Personne.

GERMEUIL.

Et ce parent chez lequel tu t'arrêtas?

DUMONT.

Il est mort il y a environ douze ans.

GERMEUIL.

Je respire ! touche là, mon ami.

DUMONT.

Comment, tu consens toujours...?

GERMEUIL.

Charles est toujours pour moi le fils de mon vieil ami. Qui, moi, je punirais un malheureux des fautes de sa mère? je lui ferais un crime de sa naissance? Non ; Charles est vertueux ; si ses vertus sont dignes de notre admiration, allons nous occuper du contrat.

DUMONT.

Excellent homme! digne ami! ah! je n'ai jamais douté de la bonté de ton cœur; mais à ce dernier trait, je sens mes larmes couler... embrassons-nous!

GERMEUIL.

Quittons cet entretien pour ne jamais le reprendre. Ce secret est mort entre nous deux. Tous les hommes, hélas! ne pensent pas comme nous ; et même, lorsqu'on se place au-dessus de certains préjugés, la société impose la loi de les respecter.

SCÈNE VI.

LES PRÉCÉDENTS, CHARLES, CLÉMENTINE.

CLÉMENTINE accourt en entraînant par la main Charles qui semble la suivre avec crainte.

Mon bon père, tout est en ordre, et mes robes n'étaient pas même chiffonnées; n'est-il pas vrai, Charles ?

DUMONT, à Charles.

Eh bien! me croiras-tu maintenant?

CHARLES.

Quoi, mon père?

GERMEUIL, lui montrant Clémentine.

Voilà ta femme.

CHARLES, vivement et avec expression.

Est-il possible! je serais assez heureux...

GERMEUIL.

Oui, mon cher ami, voilà ta femme.

CHARLES.

Ah! croyez que ma reconnaissance égalera mon bonheur.

GERMEUIL.

Allons, ne songeons qu'à nous divertir.

CLÉMENTINE.

En vérité, messieurs, vous êtes fort aimables avec vos conversations. Allez-vous enfin me dire ce que tout cela signifie?

GERMEUIL.

Mon enfant, qu'il te suffise de savoir que la confiance que Charles vient de témoigner à ton père est une nouvelle preuve de délicatesse qui le rend encore plus digne de ton estime.

CLÉMENTINE.

Cette assurance me suffit.

DUMONT.

Ah çà, voyons, songeons à l'essentiel. Charles, cours, prévenir nos amis, et tu les amèneras de suite avec toi.

CLÉMENTINE.

Pourquoi donc?

DUMONT.

Comment! pour célébrer votre arrivée en ces lieux; c'est une petite fête impromptu que nous vous avons préparée, en attendant la noce.

GERMEUIL.

En ce cas, nous allons entrer faire un peu de toilette; c'est que je veux que ton beau-père et la future te fassent honneur; entends-tu, mon garçon?

CLÉMENTINE, à Charles.

Ne soyez pas long-temps absent.

CHARLES.

Dans une minute, ma Clémentine, je serai de retour.

(Charles se retire. Germeuil, Clémentine et Dumont rentrent dans l'auberge.

SCÈNE VII.

RÉMOND, BERTRAND.

(Leurs vêtements sont couverts de poussière; le premier porte un large bandeau noir qui, en lui couvrant un œil, lui cache une partie de la figure.)

RÉMOND.

Enfin nous approchons de la frontière.

BERTRAND.

Le ciel en soit béni ! car depuis deux jours

que nous sommes échappés des prisons de Lyon, je suis dans des transes continuelles. Ces maudits cavaliers couvrent toutes les routes, en avant, en arrière; et ils vous regardent...!

RÉMOND.

Bah! la moindre chose te fait trembler comme une femme.

BERTRAND.

Oh! ça, j'avoue en toute humilité que je suis encore à cent lieues de ton impudence et de ton effronterie; tu marches tête levée, comme si tu étais le plus honnête homme du monde, toi!

RÉMOND.

Cette assurance écarte les soupçons, et d'ailleurs qu'avons-nous donc tant à redouter? moi, ce bandeau me rend méconnaissable; nous avons fait trop grande diligence pour craindre les ordres qu'on aurait donnés de nous poursuivre; ensuite nous avons des passe-ports.

BERTRAND.

Que nous devons à mes petits talents.

RÉMOND.

Qui nous ont été fort utiles.

BERTRAND.

Sans doute, mais j'éprouve un frisson involontaire toutes les fois qu'il faut les exhiber. Ces damnés vous examinent avec une attention bien faite vraiment pour troubler une conscience qui n'est pas nette.

RÉMOND.

Il est vrai que je n'ai pu me défendre d'un certain mouvement, lorsqu'à la dernière brigade, le sous-officier a examiné nos passeports; quand je l'ai vu nous toiser plusieurs fois des pieds à la tête, se pencher à l'oreille de son camarade...

BERTRAND.

Oh! je n'avais pas une goutte de sang dans les veines.

RÉMOND.

Eh bien, la simple apparence de trouble aurait excité ses soupçons, et qui sait où cela nous menait? J'ai fait bonne contenance, et il nous a laissé continuer notre route.

BERTRAND.

D'accord! mais tiens, je voudrais déja être en lieu de sûreté.

RÉMOND.

Avant peu nous aurons gagné le Piémont.

BERTRAND.

Jusque-là je ne serai point tranquille.

RÉMOND.

La chaleur est excessive; voici l'auberge dont je t'ai parlé; arrêtons-nous y un moment pour nous rafraichir et prendre des forces.

Ah! tu connais ce pays?

RÉMOND.

J'y ai travaillé.

BERTRAND.

Raison de plus pour qu'on te reconnaisse. Je te dis que c'est une imprudence, si près de la route.

RÉMOND.

C'est ton refrain à chaque pause, j'y suis habitué. (Il lui prend la main.) De l'audace.

BERTRAND.

De l'audace! de l'audace! tu ne doutes de rien.

RÉMOND, appelant.

Holà! quelqu'un.

SCÈNE VIII.

RÉMOND, BERTRAND, PIERRE.

RÉMOND, frappant sur la table avec son bâton.

Holà! quelqu'un!

BERTRAND, cherchant à l'imiter, laisse tomber son bâton.

Holà! quelqu'un. (A Pierre.) Ici, l'ami.

PIERRE.

Tiens! l'ami! il n'est pas gêné, celui-là! Que demandez-vous?

RÉMOND.

Fais-nous servir de quoi nous rafraichir.

PIERRE.

Ça suffit.

BERTRAND.

Oui, de quoi nous rafraichir et puis manger un morceau.

RÉMOND.

Tu as donc faim?

BERTRAND.

Oui, j'ai faim.—T'as pas faim, toi?... (A Pierre.) Quéqu't'as?

RÉMOND.

Qu'est-ce que tu as?

BERTRAND.

Quéqu't'as?

RÉMOND.

Qu'est-ce que tu as?

PIERRE, à Rémond.

Qu'est-ce que dit donc ce monsieur?

RÉMOND.

Mon noble ami te demande ce que tu as à nous donner à manger, imbécile!

PIERRE.

Ah! j'y suis... j'y suis... (Riant.) Oui, oui... Monsieur veut dire : quéqu'j'ai... Nous avons une bonne omelette au lard.

BERTRAND.

Des omelettes?... On en trouve par-tout autre chose...

PIERRE.

Nous avons du canard aux navets avec des petits pois.

BERTRAND.

Comment qu't'arrange, ça? du canard aux navets avec des petits pois! c'est donc du canard à la julienne?... autre chose...

PIERRE.

Ah! je me souviens... nous avons un petit poulet avec du cresson.

BERTRAND, à Rémond.

Aimes-tu le poulet?... moi je suis blasé sur le poulet, nous en mangeâmes encore hier chez la marquise...

RÉMOND.

Eh, mais!... je ne professe pas grand mépris pour le poulet.

BERTRAND.

Pas de poulet.—Donne-nous du fromage de Gruyère.

PIERRE.

Sont-ils bons enfants! ils me font dire toute ma carte, pour me demander du fromage de Gruyère (D'un air goguenard.) Dites-donc, messieurs, avec ça il ne vous faut pas un peu de dessert?

BERTRAND.

Ah bien! si, un peu de dessert.

RÉMOND.

Ah! je te reconnais bien là!... gourmand, toujours sur ta bouche, il te faut du dessert!...

BERTRAND.

Dam'! que veux-tu!... puisque nous faisons tant que de faire un bon repas... voyons, qué-qu't'as en dessert?

PIERRE.

J'ai du bon fromage à la crème.

RÉMOND.

Mais, mon ami, vous n'y pensez pas, nous avons déja du fromage de Gruyère pour la première entrée; ça nous ferait deux fromages.

PIERRE.

Alors... nous avons des pruneaux.

BERTRAND.

Des pruneaux en voyage... je n'ai pas de confiance... autre chose.

PIERRE, riant.

Ah! dites donc, messieurs, des quatre mendiants pour deux?...

BERTRAND

Donne-nous des pommes de terre à l'huile.

(Pierre les regarde en riant.)

RÉMOND, faisant tourner son bâton.

Eh bien? est-ce que tu ne nous as pas entendus?

PIERRE.

Pardonnez-moi... mais c'est que, voyez-vous, là-dedans, nous sommes un peu embarrassés pour le moment; les apprêts d'une noce, d'un festin...

BERTRAND.

Tiens... allons-nous-en; la cuisine n'est déja pas si bien montée ici.

PIERRE.

Écoutez donc; n'vous en allez pas comme ça... si ça vous est égal... tenez, je vous servirai sous ces arbres.

RÉMOND.

Volontiers.. nous le préférons.

PIERRE.

Vous serez bien, vous serez à l'air.

BERTRAND.

Ça ne nous fera pas de mal... il y a long-temps que nous ne l'avons pris.

RÉMOND donne un coup de bâton dans les jambes de Bertrand; puis s'avance, en faisant le moulinet, vers Pierre qui les regarde toujours.

Qu'est-ce qu'il a donc, c't'imbécile-là?

BERTRAND.

Dites-donc, garçon, allez donc faire chauffer ce qu'on te demande.

PIERRE, en s'en allant.

On y va, on y va. Ont-ils d'drôles de mines!

SCÈNE IX.
RÉMOND, BERTRAND.

RÉMOND, regardant au fond.

Mais en effet; en arrivant je n'avais pas remarqué... tout semble ici disposé pour une fête... tant mieux, cela nous dissipera. J'aime beaucoup les noces, moi.

BERTRAND.

T'aimes les noces, toi?... Pourquoi ne te maries-tu pas?

RÉMOND.

C'est fait, il y a beau jour.

BERTRAND.

En vérité!... Comment, diable, tu ne m'as jamais parlé de ça!... et ta femme?

RÉMOND.

Ma femme?... il y a dix-huit ou dix-neuf ans que je l'ai plantée là, pour me soustraire à certaines petites poursuites judiciaires.

BERTRAND.

Et depuis ce temps, qu'est-elle devenue?

RÉMOND.

Hein?

BERTRAND.

Ce qu'elle est devenue?

(Pierre essuie la table avec les paquets que Bertrand y a déposés.)

RÉMOND.

Je n'en sais rien, est-ce que ça me regarde?

BERTRAND.

Peut-être que, de son côté, elle aura, ainsi que toi, fait son chemin!

RÉMOND.

Non!... je ne le crois pas. C'était une de ces femmes à principes...

BERTRAND.

Ah!

RÉMOND.

Une de ces vertus scrupuleuses...

BERTRAND.

Oh!

RÉMOND.

Qui préfèrent le travail et la misère à l'emploi de nos petits moyens commodes de faire fortune. Cerveau étroit, intelligence aucune.

BERTRAND.

Mon ami, cette femme ne te convenait pas du tout; où diable as-tu été chercher une femme comme ça?... depuis que tu la quittas, tu n'en entendis jamais parler?...

RÉMOND.

Jamais.

BERTRAND.

C'est singulier!

PIERRE, frappant sur l'épaule de Bertrand.

Quand vous voudrez, messieurs, vous êtes se vis.

BERTRAND.

O mon Dieu!... que le diable l'emporte!

PIERRE.

Eh bien! qu'a-t-il donc?

RÉMOND.

Imprudent, tu vas nous compromettre.

BERTRAND.

Écoute donc!... on n'est pas maître de ces choses-là... j'ai cru que c'était un gendarme!

(Rémond lui donne un coup de pied; puis, il pose son chapeau sur sa canne, qui passe au travers. Ils se mettent à table. On entend une musique villageoise. Rémond tire un poignard de sa poche, et accommode ses favoris.)

PIERRE.

Tiens!... qu'est-ce qui nous arrive là?... (Il regarde au fond.) Eh! mais, ce sont nos jeunes gens; M. Charles et les violonneux sont à leur tête... courons prévenir notre monde. (Il revient à la porte de l'auberge.) M. Germeuil!... mademoiselle Clémentine!.. descendez, v'là M. Charles!

(Les villageois entrent et garnissent la scène.—Charles, qui les précède, est entré dans l'auberge; il en sort bientôt, amenant Dumont, Clémentine et Germeuil.)

SCÈNE X.

LES MÊMES, GERMEUIL, CLÉMENTINE, DUMONT, CHARLES, PAYSANS et PAYSANNES.

DUMONT, aux villageois.

Eh! bonjour, mes amis; vous voyez qu'on vous attendait... Ah çà... il vous faut du jarret et de l'appétit... d'abord; voilà un repas et de jolies filles qui se recommandent à vous; soignez-moi ça!

(Ballet.)

RÉMOND, après la danse.

Eh bien! Bertrand, veux-tu danser aussi, toi?

BERTRAND.

Non!... non!... merci!... j'aimerais mieux valser.

RÉMOND.

Eh bien! mon noble ami, je vais t'en donner une leçon.

(Il va inviter une jeune paysanne. Valse de Faust.)

RÉMOND, pendant la valse.

Dis donc, Bertrand, comment supportes-tu l'existence?

BERTRAND,

Ça va... ça va...

(Pendant la valse, il offre une rose, qu'il porte à sa boutonnière, à la danseuse de Rémond. — Après la valse, Rémond et Bertrand allument leurs pipes et sortent.)

PIERRE.

Tiens! qu'est-ce que j'entends là?

(Charles va au fond.)

DUMONT.

Qu'est-ce donc?

CHARLES.

Une malheureuse femme que l'on vient de recueillir sur la route, expirant de fatigue et de besoin.

GERMEUIL, allant au-devant d'elle.

L'infortunée!

SCÈNE XI.

LES PRÉCÉDENTS, MARIE.

CLÉMENTINE.

Il faut lui donner des secours.

DUMONT.

Pierre, vite du vin!

CHARLES.

Eh bien! comment vous trouvez vous maintenant?

MARIE.

Hélas!... ces secours m'étaient bien nécessaires, car depuis hier matin je n'avais rien pris.

TOUS.

Pauvre femme!

DUMONT.

Vous n'êtes point de ce pays?

MARIE.

Non, monsieur.

CHARLES.

Vous avez fait un long voyage?

MARIE.

Je viens d'Italie.

GERMEUIL.

Où allez-vous?

MARIE.

A Mont-Mélian.

GERMEUIL.

Qu'allez vous faire dans cette ville?

MARIE.

Trop faible pour travailler aux champs, je vais me mettre en service.

GERMEUIL.

Vous avez donc à Mont-Mélian votre famille, vos amis?

MARIE.

Hélas ! je n'ai plus de famille !... et des amis,
les malheureux en ont-ils ?

GERMEUIL

Vous avez au moins des connaissances ?

MARIE.

Aucune.

GERMEUIL.

Comment, sans parents, sans connaissances,
espérez-vous...?

MARIE.

Le ciel, sans doute, monsieur, aura pitié de
moi.

GERMEUL.

Cette pauvre femme m'intéresse.

PIERRE, pleurant.

Et moi aussi...

MARIE.

Mais, pardon, je m'apperçois que ma pré-
sence nuit à vos plaisirs, et je vais me retirer.

GERMEUIL.

Vous ne pouvez vous remettre en route dans
l'état de faiblesse où vous vous trouvez.

CHARLES.

Sans doute; vous coucherez ici cette nuit...
si toutefois mon père le permet.

DUMONT.

Comment, n'es-tu pas le maître actuelle-
ment?... et quand même...

MARIE.

Que de bonté !

GERMEUIL.

C'est entendu. Demain vous serez remise de
vos fatigues, et vous pourrez continuer votre
voyage.

CHARLES.

Pierre!... tu prépareras une chambre pour
cette pauvre femme. En attendant, fais-lui servir sur cette table ce dont elle a besoin.

PIERRE.

J'vas la servir moi-même.

DUMONT.

Adieu, mes enfants !... bonsoir ! bonne
nuit !

TOUS.

Bonsoir !... bonne nuit!

(Les paysans sortent.—Dumont et Germeuil reconduisent
les paysans. Clémentine, Charles et Pierre rentrent dans
l'auberge.—Bertrand et Rémond arrivent en secouant
leur pipes pour faire tomber la cendre.)

SCÈNE XII.

MARIE, RÉMOND, BERTRAND.

RÉMOND, à Bertrand.

Dis donc, as-tu des idées ?...

BERTRAND.

Quelquefois, c'est selon.

RÉMOND.

Qu'est-ce que c'est donc que cette petite
grosse mère ?...

(Il s'approche doucement derrière Marie, la regarde et re-
cule épouvanté.)

BERTRAND,

Qu'est-ce que tu as donc à faire tes évolu-
tions ?

RÉMOND.

Rien !

BERTRAND.

Cependant...

RÉMOND, à lui-même.

Oh ! non, c'est impossible !... Parbleu ! je serais curieux de savoir...

BERTRAND.

Allons-nous nous remettre en route ?

RÉMOND.

Oui, oui, dans un moment; assieds-toi.

(Ils s'asseyent.)

SCÈNE XIII.

LES PRÉCÉDENTS; DUMONT, GERMEUIL,
revenant du fond.

GERMEUIL.

Ah çà, mon ami, parlons un peu de nos affaires. J'aurais voulu terminer aujourd'hui tous
nos petits détails d'intérêt.

DUMONT.

Parbleu! aujourd'hui, demain, nous n'au-
ros pas de difficultés. Moi, d'abord, suivant
nos conventions, je cède mon établissement à
Charles; et toi, tu donnes à ta fille...?

GERMEUIL.

Douze mille francs de dot.

RÉMOND, à part.

Douze mille francs, joli denier !...

GERMEUIL.

Qui sont renfermés, en bons billets de ban-
que, dans ce portefeuille.

RÉMOND, à Bertrand.

Entends-tu ?...

BERTRAND.

Oui, très bien.

(Depuis ce moment, Rémond paraît préoccupé.)

GERMEUIL.

Et voilà précisément la raison pour laquelle
je voudrais avoir fini. Ce maudit portefeuille
me gêne: la crainte de le perdre...

RÉMOND, à part.

Je lui épargnerais bien cette peine-là, moi,

BERTRAND.

Moi aussi.

GERMEUIL.

Tandis qu'une fois le contrat signé, je remet-
trai à Charles la dot de sa femme, et je serai
débarrassé de tous soucis...

SCÈNE XIV.

LES MÊMES, CHARLES, CLÉMENTINE, PIERRE.

CHARLES.

Mon père, si j'allais chercher le notaire?

CLÉMENTINE.

Y pensez-vous? aller à Saint-Paul, à l'heure qu'il est! songez donc qu'il y a au moins quatre lieues d'ici.

DUMONT.

Eh bien! Charles prendra la carriole de Germeuil; il passera la nuit là-bas; et demain matin, de bonne heure, il amènera le notaire avec lui.

GERMEUIL.

Fort bien imaginé.

CLÉMENTINE.

Mais ne peut-on attendre jusqu'à demain?

GERMEUIL.

Non, non, c'est entendu. Pierre, va mettre Cocotte à la Carriole.

PIERRE.

J'y cours. A propos, monsieur Charles, avant de partir, voulez-vous me donner vos ordres?... Où logez-vous votre monde?

(Rémond écoute avec attention.)

CHARLES.

M. Germeuil, au n° 13. C'est la plus belle chambre de l'auberge. Clémentine, dans la pièce au fond du corridor.

PIERRE, montrant Marie.

Et cette pauvre femme?

CHARLES.

Tu lui donneras la petite chambre près celle de M. Germeuil.

PIERRE.

Fort bien, le n° 8; et s'il arrive des voyageurs?

CHARLES.

Tu les logeras de l'autre côté, à l'entre-sol, afin que le bruit ne trouble pas le sommeil de nos amis.

PIERRE.

Ça suffit.

(Il va pour se retirer.)

CHARLES.

A propos, tiens, voilà le trousseau des doubles clefs, si tu en avais besoin; elles sont numérotées.

PIERRE.

Bon.

CHARLES.

Maintenant, allons tout préparer pour mon départ.

(Dumont, Germeuil, Clémentine et Charles rentrent.)

SCÈNE XV.

MARIE, RÉMOND, BERTRAND.

RÉMOND.

Donne-moi mon chapeau.

BERTRAND.

Le voilà.

RÉMOND. (Il ramasse son chapeau et l'essuie. Il a toujours un air sombre.)

Fais donc attention.

BERTRAND.

A quoi penses-tu donc, tu parais bien préoccupé?

RÉMOND.

Ces diables de douze mille francs me trottent par la tête.

BERTRAND.

Comment! est-ce que tu voudrais...?

RÉMOND.

Je conçois un projet: suis-moi.

(Ils vont pour entrer dans l'auberge. Germeuil en sort. Ils le saluent. Pendant la scène suivante, Rémond et Bertrand sortent de l'auberge en causant vivement; sitôt qu'ils aperçoivent Germeuil, ils se sauvent sur la pointe des pieds.)

SCÈNE XVI.

GERMEUIL; MARIE, toujours à la table.

GERMEUIL.

Oui!... dans cette maison on a besoin de quelqu'un d'honnête, d'entendu; il faut voir si cette femme ferait bien l'affaire de nos jeunes gens; elle a passé la première jeunesse.... questionnons-la... (Marie va pour se retirer. Germeuil l'arrête.) Demeurez, je desire vous parler un moment.

MARIE.

Je suis à vos ordres, monsieur.

GERMEUIL.

Comment vous nommez-vous?

MARIE.

Marie.

GERMEUIL.

Marie! vos manières douces et réservées me font croire que vous n'êtes pas née pour l'état de misère dans lequel vous êtes.

MARIE.

Hélas! monsieur, je dois le jour à d'honnêtes cultivateurs. Ils me firent donner une éducation peut-être au-dessus de mon état. Tout dans ma jeunesse me promettait un avenir heureux; mais il est des êtres à qui le malheur semble s'attacher, et la pauvre Marie est de ce nombre.

GERMEUIL.

La mort vous a-t-elle ravi les objets de vos affections?... aviez-vous un mari?

MARIE, douloureusement.

Un mari!... oui, monsieur.

GERMEUIL.

Et des enfants ?

MARIE.

J'eus un fils.. je les ai perdus, et avec eux, repos, fortune, (à part.) et plus encore !...

GERMEUIL.

Allons, consolez-vous, le ciel peut envoyer quelque adoucissement à vos peines.

MARIE.

O monsieur ! mes maux sont irréparables.

GERMEUIL.

Tout peut se réparer avec une conduite honorable et l'estime des honnêtes gens.

MARIE, sanglotant.

Hélas !

GERMEUIL.

Mes paroles semblent vous chagriner... seriez-vous coupable ?

MARIE, vivement.

Coupable !... non... je suis innocente, j'en prends le ciel à témoin.

GERMEUIL.

Innocente !... que voulez-vous dire ? vous aurait-on accusée injustement ?

MARIE, avec embarras.

Monsieur !...

GERMEUIL.

Expliquez-vous.

MARIE.

Excusez, mais je ne puis...

GERMEUIL.

Parlez sans crainte. Ouvrez-moi votre cœur; peut-être... vous gardez le silence... alors je n'ai plus rien à vous proposer. (Sévèrement.) Cependant, vous êtes malheureuse, vous avez droit à ma pitié. Tenez, prenez cette bourse, elle contient quelque argent, et pourra suffire à vos premiers besoins.

MARIE, pleurant toujours.

Suis-je assez humiliée !

GERMEUIL.

Prenez donc, prenez donc.

MARIE.

Non, monsieur, gardez vos secours, je me retire pour vous épargner la vue d'une malheureuse !...

GERMEUIL.

Où allez-vous ?

MARIE.

Je l'ignore; mais Dieu, qui lit dans les cœurs, et qui sait si j'ai mérité tous les maux qui m'accablent, ne m'abandonnera pas.

GERMEUIL, attendri.

Demeurez, demeurez, vous dis-je, je l'exige; emporté par un mouvement involontaire, je le vois, je vous ai fait de la peine.

MARIE.

De la peine, oh ! oui, beaucoup.

GERMEUIL.

Mais aussi pourquoi refuser de me confier...

MARIE, pleurant.

A ! monsieur...

GERMEUIL.

Réfléchissez : je vous le répète, je puis adoucir vos maux, et si demain vous jugez convenable de m'ouvrir votre cœur, vous connaîtrez mes projets; en attendant, prenez ceci (il lui offre sa bourse.) et recevez-le, non comme une marque de pitié, mais comme un gage de l'intérêt que vous m'inspirez.

MARIE.

J'obéis.

(Elle prend la bourse. Rémond et Bertrand paraissent.)

GERMEUIL.

Rentrons. Vous m'avez entendu ! demain, je l'espère, vous ne partirez pas avant de m'avoir parlé.

MARIE.

Je vous le promets.

SCÈNE XVII.

RÉMOND, BERTRAND.

(Rémond arrive sur le devant de la scène très vivement, fait un geste et la remonte; — puis redescend vivement. Bertrand le suit.)

BERTRAND.

Est-ce que t'as pas bientôt fini ce manège-là, toi ? tu vas p' t'êtr' m' dire pourquoi tu viens de louer une chambre pour passer la nuit ici ?

RÉMOND.

Je cherche un endroit écarté où je puisse te faire part de mes desseins sans crainte d'être entendu.

BERTRAND.

Cher ami, nous sommes seuls; tu peux parler.

RÉMOND.

Écoute... te sens-tu le courage de me seconder dans une entreprise périlleuse ?

BERTRAND, hésitant.

Une entreprise périlleuse ? c'est selon ; de quoi s'agit-il ?

RÉMOND.

De nous approprier les douze mille francs.

BERTRAND.

Comment, tu veux encore...

RÉMOND, sans l'écouter.

Tu as vu donner le trousseau de doubles clefs numérotées de toutes les serrures de l'auberge ?

BERTRAND.

Oui.

RÉMOND.

Celle de la chambre de Germeuil doit s'y trouver.

BERTRAND.

Sans doute.

RÉMOND.

Il faut la soustraire.

BERTRAND.

Après...

RÉMOND.

Cette nuit, nous nous introduirons chez Germeuil, et le précieux portefeuille est à nous. (Il lui donne un grand coup sur l'estomac.) Voilà l'affaire.

BERTRAND.

Voilà l'affaire... voilà l'affaire... mais si, éveillé par le bruit, il allait nous reconnaître et appeler du secours?

RÉMOND.

Bah!... te voilà toujours avec tes craintes... il ne se réveillera pas!

BERTRAND.

Hein?

RÉMOND, d'un air sombre.

Il ne se réveillera pas!

BERTRAND.

Bien, bien, bien... et le trousseau...

RÉMOND.

Chut! j'aperçois le garçon d'auberge, seconde-moi.

SCÈNE XVIII.

LES PRÉCÉDENTS, PIERRE.

RÉMOND.

Monsieur Pierre!... notre chambre sera-t-elle bientôt prête?

BERTRAND, l'imitant.

Monsieur Pierre!... notre chambre sera-t-elle bientôt prête?...

PIERRE.

Dans l'instant, messieurs; ne vous impatientez pas.

BERTRAND.

Il n'y a rien qui presse.

PIERRE va mettre la clef à la porte du caveau.

C'est que, voyez-vous, j'ai tant d'occupations ici...

RÉMOND.

En effet, votre auberge me paraît assez achalandée. Ah ça, mais je fais une réflexion; si nous pouvions vous être utiles à quelque chose... disposez de nous, monsieur Pierre, trop heureux d'être agréables à un galant homme; car vous me faites l'effet d'un galant homme. (A Bertrand.) Est-ce que monsieur ne te fait pas cet effet-là?

BERTRAND.

Hein?...

RÉMOND.

Est-ce que monsieur ne te fait pas l'effet d'un galant homme?

BERTRAND.

Si fait, si fait, si fait.

RÉMOND.

Voyons, cher ami, donne donc une poignée de main à monsieur Pierre.

(Bertrand s'empresse d'obéir à Rémond.)

PIERRE.

Oh! merci, messieurs. Cocotte est attelée à la carriole, et je vais simplement chercher, à l'entrée de ce caveau, un panier de vin vieux pour les fiançailles.

RÉMOND, à Bertrand.

Occupe donc un moment c't imbécile-là... Monsieur Pierre, voici mon honorable ami qui voulait vous demander pourquoi diable... ça lui avait paru d'abord assez extraordinaire...

(Il remonte.)

BERTRAND.

Oui!... j'avoue que ça m'avait paru d'abord assez extraordinaire... (A Rémond.) Qu'est-ce que je voulais lui demander?...

RÉMOND.

Tu voulais demander à monsieur pourquoi...

(Il lui parle à l'oreille.)

BERTRAND, prenant Pierre à part.

Savez-vous, monsieur Pierre, que ce n'est pas trop prudent à votre maître de partir si tard, pour aller ainsi, seul, à quatre lieues d'ici?...

PIERRE.

Vous avez raison; mais aussi ai-je eu la précaution de placer une bonne paire de pistolets dans une des poches de la carriole.

BERTRAND.

C'est différent.

(Pendant ce dialogue, Rémond a été retirer, sans que Pierre s'en aperçoive, la clef de la porte du caveau. Il revient derrière Pierre et lui frappe sur l'épaule.)

RÉMOND.

Vous avez très bien fait, monsieur Pierre, car enfin on ne sait pas ce qui peut arriver.

(Il lui tire lestement son mouchoir de sa poche, et le donne à Bertrand qui est derrière lui.)

PIERRE, à la porte du caveau.

Tiens!... la clef n'y est plus?... Qui diable l'aura ôtée?...

RÉMOND.

Qu'avez-vous donc?

PIERRE.

Rien! c'est la clef de cette porte...

RÉMOND.

On vous a pris une clef?

PIERRE.

Bah! pris?... il n'y a pas de voleurs ici.

RÉMOND.

Peste!... nous aimons à le croire.

BERTRAND.

Nous nous plaisons à le croire.

RÉMOND.

Ah ça, dites-moi donc, monsieur Pierre, qu'est-ce que vous parliez donc de voleurs!... Est-ce que votre auberge ne serait pas sûre? nous irions coucher ailleurs.

(Ils ont l'air de vouloir sortir.)

PIERRE.

Mais si, messieurs; restez donc, je vous en

prie, je la trouverai dans un autre moment. Je vais chercher le trousseau.

(Il sort.)

RÉMOND.

Attention... eh bien! dis donc... comment le trouves-tu?

BERTRAND.

Y va bien.

RÉMOND.

Faut peloter en attendant partie, ça dégage la main... il va apporter le trousseau.

BERTRAND.

N'oublie pas le n° 13.

RÉMOND.

Sois tranquille... le voilà... n'ayons pas l'air...

(Ils chantent ensemble.)

Ouvriers, dépêchons,
Gagnons bien notre argent.
Dépêchons, travaillons,
Gagnons bien notre argent.

PIERRE, qui est entré, et les a entendus chanter.

Bravo! bravo! bravo! Ah! messieurs, vous pouvez vous vanter d'une chose; c'est de m'avoir fait passer un moment bien agréable... Vous chantez comme des cygnes... Le grand, sur-tout.

BERTRAND.

Eh bien et moi donc?

PIERRE.

Vous aussi!... mais le grand!... il a une voix...

BERTRAND.

Ah!... j'ai pourtant quelque chose de nourri dans la voix.

PIERRE, cherchant dans son trousseau.

La clef du caveau... c'est celle-ci. Dites donc, messieurs, vous disiez tout-à-l'heure : Si nous pouvons vous être utiles à quelque chose, disposez de nous...

RÉMOND.

Eh bien?

PIERRE.

Si vous vouliez seulement avoir la bonté de m'éclairer...

RÉMOND.

Comment donc!... Bertrand, éclaire monsieur Pierre.

PIERRE.

Ah! messieurs, vous êtes bien bons.

RÉMOND.

Ne perdons pas une minute. (Pendant ce temps, Rémond va à la table où est déposé le trousseau, et en décroche une clef. On entend Pierre crier : Éclairez-moi donc.—Bertrand regarde au travers d'une bouteille s'il y a du vin.) Éclaire donc monsieur!

BERTRAND.

Voilà, voilà. C'est le n° 13.

RÉMOND, regardant les étiquettes.

10, 11, 13... La voilà.

BERTRAND.

Vite.

RÉMOND.

Je la tiens.

PIERRE, sortant du caveau.

Quoi que vous tenez?

RÉMOND, tirant de sa poche la clef du caveau, et la lui montrant.

La clef... oui... tandis que vous étiez au caveau, elle a frappé mes regards... là, au pied de cette table.

(Il lui rend la clef, et pousse Pierre sur Bertrand qui le lui renvoie.)

PIERRE.

Comprenez-vous ça?... moi qui l'ai cherchée pendant deux heures... Ah! messieurs, combien je vous ai d'obligations! (Il va pour sortir.)

RÉMOND.

Dites-moi donc un peu, monsieur Pierre, est-ce que par hasard nous serions amoureux? Nous avons des distractions. (Il lui enlève une à une plusieurs bouteilles de son panier, et les passe à Bertrand.)

PIERRE.

Moi?... mais non, monsieur.

RÉMOND.

Tournez-vous de ce côté : vous ne voyez rien?... (Il lui prend une bouteille, Bertrand la met sur la table.) Comment, vous ne voyez pas le trousseau que vous oubliez sur la table!...

PIERRE.

Ah! étourdi que je suis! je ne sais pas ce que j'ai aujourd'hui, j'oublie tout. Bonsoir, messieurs.

(Il remonte pour s'en aller. Bertrand donne une bouteille vide à Rémond, qui la met dans le panier de Pierre et en prend une pleine.)

RÉMOND, ôtant son chapeau.

Monsieur Pierre, j'ai bien l'honneur de vous souhaiter le bonsoir. Ayez l'extrême bonté de faire bassiner nos lits.

(Ils vont s'asseoir à table.)

BERTRAND.

Avec de la castonade, sur-tout...

(En ce moment, la carriole de Charles passe au fond. Dumont, Germeuil, Clémentine, Charles, Pierre, sortent de l'auberge.)

CHARLES.

Adieu, mes amis!... bonne nuit!

TOUS.

Bon voyage, bon voyage!

ACTE SECOND.

Le théâtre représente la grande salle de l'auberge des Adrets. A droite de l'acteur un escalier qui monte à une galerie, qui traverse le théâtre dans toute sa largeur; sur cette galerie donnent les portes des chambres; ces portes sont numérotées; le n° 13 est au milieu. A gauche de l'acteur, au rez-de-chaussée, au premier plan, la porte qui conduit à la cuisine; du même côté, au deuxième plan, une porte conduisant à l'extérieur. Au fond, au milieu, sous la galerie, la porte d'entrée principale. A gauche de cette porte, une autre porte : c'est celle de la chambre occupée par Rémond et Bertrand.

SCÈNE I.

RÉMOND, BERTRAND.

(Ils sortent du n° 13; Bertrand descend le premier : il a l'air effrayé.)

BERTRAND.

Malheureux! qu'as-tu fait!... regagnons notre chambre. Le jour va bientôt paraître; si nous étions aperçus!

RÉMOND compte des billets.

Tout le monde dort.

BERTRAND.

Es-tu bien sûr que cette femme qui couche près de la chambre de Germeuil, ne nous a pas entendus?

RÉMOND.

Eh! non!

BERTRAND.

Ah! mon Dieu! je n'ai pas une goutte de sang dans les veines.

RÉMOND.

C'est fâcheux, mais que veux-tu?... nécessité n'a pas de loi.

BERTRAND.

Si tu m'en croyais, avant que personne ne fût levé nous quitterions cette auberge... nous n'avons plus rien à faire ici; puisque tu tiens les douze mille francs... fuyons.

RÉMOND.

Trois fois imbécile! notre fuite nous accuserait... restons.

BERTRAND,

J'entends marcher quelque chose.

RÉMOND.

Hein?...

BERTRAND.

J'entends marcher quelque chose.

RÉMOND.

Viens... nous partagerons dans notre chambre.

(Ils se sauvent dans leur chambre et s'y enferment.)

SCÈNE II.

MARIE, seule.

(Elle paraît sur la galerie à droite, et descend l'escalier, lentement et avec peine. Le jour commence à poindre.)

Personne n'est encore levé !... Le moment est favorable; quittons cette auberge, avant que M. Germeuil soit descendu. Il redoublerait d'in-

stances, sans doute... Oh !... plutôt que de rougir à ses yeux, plutôt que de me couvrir de honte et d'opprobre, fuyons; qu'il ignore à jamais les malheurs de la pauvre Marie. Si je pouvais sortir sans faire de bruit...

(Elle va à la porte du fond, qu'elle trouve fermée; apercevant celle qui donne à l'extérieur, elle cherche à l'ouvrir. Pierre paraît sur la galerie, à gauche. Il achève de s'habiller.)

SCÈNE III.

MARIE, PIERRE.

PIERRE, sur la galerie.

Il fait à peine jour! il me paraît que je me suis levé de bonne heure aujourd'hui. (Il regarde dans la salle.) Tiens! qui donc est là-bas?... je ne me trompe pas, c'est cette femme à qui que nous avons donné l'hospitalité hier; que diable fait-elle là ?

(Il descend.)

MARIE, qui a cherché à ouvrir la porte qui donne à l'extérieur.

Je ne pourrai jamais ouvrir cette porte.

PIERRE.

A quoi bon l'ouvrir ?

MARIE, surprise.

Ah !

PIERRE.

Où voulez-vous aller si matin? j'croyais que vous aviez promis à M. Germeuil de n' pas partir avant d' lui avoir parlé.

MARIE.

C'est vrai... aussi n'avais-je nullement l'intention... j'allais... j'allais seulement prendre l'air, la chambre où j'ai couché est si petite...

PIERRE.

Ah çà, il me semble que celle-ci est assez grande pour qu'on y respire à son aise... Qu'est-ce que cela signifie? on n'ouvre pas comme ça les portes avant que les gens soient levés.

MARIE.

Pardon...

PIERRE.

Not' maître finira par être la dupe de sa bonté... Il donne asile à tout le monde, et reçoit souvent des mendiants paresseux, qui seraient bien obligés de travailler, si on ne leur donnait rien.

MARIE, pleurant.

Encore une humiliation !

(Elle prend son mouchoir pour essuyer ses larmes, et laisse
tomber la bourse que Germeuil lui a donnée.)

PIERRE, la ramassant.

Qu'est-ce que c'est donc?... une bourse qui
contient de l'or?

MARIE, vivement.

Elle est à moi !

PIERRE.

Ah! ah! il me parait alors que vous n'êtes
pas si misérable que vous en avez l'air. (Il lui
rend la bourse; on frappe au loin.) Tiens! qu'est-ce
qui nous arrive donc si matin?... (On frappe encore.) On y va.

(Il sort. Marie s'asseoit près d'une table.)

ooooooooooooooooooooooooooooooooooooooooooooooo

SCÈNE IV.

BERTRAND, RÉMOND, MARIE.

(Bertrand est en camisole et en bonnet de coton, Rémond
est en robe de chambre.)

BERTRAND.

D'où vient ce bruit?... saurait-on déja...?

RÉMOND.

Oh! non, poltron. (Il aperçoit Marie.) Eh! mais,
dis donc, n'est-ce pas là cette femme...?

BERTRAND.

Que tu crus reconnaître hier?... oui, c'est
elle!

RÉMOND.

Avançons... Il faut que j'éclaircisse mes
soupçons.

MARIE, assise.

Fatale prévention qu'inspire la misère! on
croit le malheureux capable de tous les crimes.

RÉMOND, s'appuyant légèrement sur le dos de la chaise
de Marie.

Vous paraissez affligée... d'où vient votre
peine?... Vous vous taisez; (il fait crier sa tabatière
à son oreille.) vous avez tort. Quelquefois, sans
s'en douter, on se trouve en pays de connais-
sance.

MARIE.

Ciel !... me connaitriez-vous ?

RÉMOND.

Je ne dis pas cela! cependant, au premier
abord, le son de votre voix, la taille, quelques
traits semblaient me rappeler...

MARIE.

Qui donc ?...

RÉMOND.

Connaissez-vous Grenoble?

MARIE.

Grenoble!

RÉMOND.

Je l'habitai quelque temps, et vous?

MARIE.

Moi!

RÉMOND.

N'y demeurâtes-vous jamais?

MARIE.

Il est vrai que...

RÉMOND.

Il est vrai que c'est vrai.

BERTRAND.

Allons, allons, elle y a demeuré.

(Rémond regarde Bertrand, et le rend tout honteux.)

RÉMOND.

N'y connûtes-vous pas, il y a environ dix
huit à dix-neuf ans, c'est de vieille date, un
nommé Robert Macaire?

MARIE.

Grand Dieu! quel nom avez-vous prononcé!

RÉMOND.

Celui de votre époux!

MARIE.

Silence! ne répétez pas le nom d'un monstre
qui trouble le repos de ma vie.

(Rémond s'étouffe de rire, remonte la scène, et se cogne
contre le piano; il redescend se tenant le derrière.)

RÉMOND.

Eh ben! dis donc, mon ami, c'est elle.

BERTRAND.

Qui ça, elle?...

RÉMOND, riant.

C'est ma femme.

BERTRAND.

Ta femme! peste soit de la rencontre! si elle
allait te reconnaître?

RÉMOND.

Ne crains rien!

MARIE, à Rémond.

Me direz-vous comment vous savez...

RÉMOND.

Le hasard seul...

BERTRAND.

Cache bien ton œil.

RÉMOND.

Notre liaison dura peu: c'était un assez mauvais sujet dont, par parenthèse, le ciel a pris
soin de nous débarrasser depuis deux ans.

MARIE.

Il est mort?...

RÉMOND.

Embarqué sur un vaisseau, il a péri avec
tout l'équipage.

(Il frappe sur sa tabatière.)

MARIE.

Mon Dieu, pardonne-lui tous les maux qu'il
m'a fait souffrir.

BERTRAND.

Mais, mon ami, laisse donc madame, tu vois
bien qu'tu l'affectes, tu l'affliges, c'te pauvre
femme, tu lui fais éprouver des contrariétés
domestiques. —C'est pas l'embarras, quand on
perd un mari de c'te trempe-là, on est bien vite
consolée.

(Rémond lui donne une pichenette.)

RÉMOND.

Tu fais le gentil, toi.

MARIE.

Il n'est donc plus!... ah! fallait-il que le souvenir de ce misérable me poursuivit jusque dans ces lieux!

(Elle remonte à sa chambre.)

BERTRAND.

Dis donc, elle s'en va, ta petite femme.

RÉMOND.

Laisse-la s'en aller, qu'est-ce que tu veux que j'en fasse?

BERTRAND.

Allons-nous-en aussi.

RÉMOND.

Un moment.

BERTRAND.

Est-ce que tu ne crains pas?...

RÉMOND.

Sois tranquille; on ne s'est encore aperçu de rien. Nous allons déjeuner et nous partirons après.

BERTRAND.

Je voudrais déja être loin.

RÉMOND.

Ah çà, voyons, qu'est-ce que tu as? tu me fais de la peine, mon garçon; est-ce que tout ne va pas au gré de nos desirs? est-ce que tu n'es pas sûr de mon amitié?

BERTRAND,

L'amitié d'un grand homme est un bienfait des Dieux!

(En remontant.)

RÉMOND.

Holà, garçon!

BERTRAND.

Holà, garçon!

RÉMOND.

Garçon!

BERTRAND.

Garçon!

RÉMOND.

Il n'y a personne ici?...

BERTRAND.

Il n'y a personne ici?..

RÉMOND.

Holà, garçon! oh! oh!

BERTRAND.

Holà, garçon! oh! oh!

SCÈNE V.

LES MÊMES, PIERRE.

PIERRE.

Voilà! voilà! ah! ah! déja levés, messieurs! est-ce que vous auriez passé une mauvaise nuit?

BERTRAND.

Non! elle a été bonne!

RÉMOND, à Pierre.

Comment, paresseux, encore couché à cette heure!

PIERRE.

Comment, à sept heures?... il n'est que six heures.

BERTRAND.

A c't heure-ci. Est-ce que nous aurions eu le cauchemar?...

RÉMOND, chantant.

Quand on fut toujours vertueux,
On aime à voir lever l'aurore.

(Pendant ce temps, Bertrand va pour se moucher avec le mouchoir de Pierre. Rémond lui donne un coup de pied sans que Pierre s'en aperçoive. Bertrand, s'apercevant de sa bévue, serre le mouchoir dans sa poche, et en tire un tout déchiré dans lequel il se mouche.)

PIERRE.

Je vous ai fait un peu attendre, parceque je faisais mettre à l'écurie les chevaux de trois cavaliers qui viennent d'arriver.

BERTRAND, effrayé.

Des cavaliers?...

PIERRE.

Oui, des gendarmes.

BERTRAND, avec terreur,

Des gendarmes?

PIERRE.

Tiens, on dirait qu' ça vous fait peur.

BERTRAND.

C'te bêtise! pourquoi donc qu' ça me frait peur?... Qu'est-ce qu'ils viennent donc faire ici?

PIERRE.

Ils viennent, d'abord, pour déjeuner, et ensuite...

RÉMOND, passant entre Pierre et Bertrand.

Et que t'importe ce qu'ils viennent faire, est-ce que tu as quelque chose à démêler avec les gendarmes? Qu'est-ce que ça signifie d'accabler ce monsieur d'un tas de questions plus incohérentes les unes que les autres?

BERTRAND.

Mais, mon ami, je ne peux pas...

RÉMOND.

Allons donc. Nous aussi, nous voulons déjeuner, monsieur Pierre...

PIERRE.

Dans l'instant. C'est que, voyez-vous, votre camarade me demandait...

RÉMOND.

Il ne faut pas l'écouter, c'est un bavard.

BERTRAND.

Je suis sûr qu'il va me faire une scène.

(Sitôt que Pierre est parti, Rémond redescend, prend Bertrand au collet et l'amène sur le devant de la scène.)

RÉMOND.

Infâme brigand! tu veux donc nous perdre?

BERTRAND.

Mais non, mon ami.

(Sitôt que les gendarmes entrent, Bertrand et Rémond s'en vont dans leur chambre, reviennent presque aussitôt tout habillés.—Ils font les fashionables tandis que les gendarmes les examinent.)

SCÈNE VI.

Les Précédents, PIERRE, ROGER, Gendarmes.

PIERRE.

Ah ! monsieur Roger , vous avez mis vos chevaux à l'écurie !

ROGER.

Oui ! ils déjeuneront... c'est notre tour maintenant... Pierre, du jambon, (A ses gens.) Il est excellent ici.

PIERRE.

J' vas vous servir ça.

ROGER.

Sur-tout du bon vin.

PIERRE.

Soyez donc tranquille : les pratiques ont du meilleur. Tenez, mettez-vous là, vous déjeunerez avec ces messieurs.

BERTRAND.

Peste soit des convives! je me serais bien passé de l'honneur!

ROGER.

J'ai vu ces gens-là quelque part, Pierre...

PIERRE.

Plaît-il ?

ROGER, bas.

Connais-tu ces deux hommes ?

PIERRE.

Ce sont deux voyageurs qui ont passé la nuit ici.

BERTRAND, bas à Rémond.

Comme il nous examine !

ROGER.

En effet !... je les reconnais, je les ai rencontrés hier sur la route.

PIERRE.

Ce sont de braves gens, ben honnêtes, ben tranquilles; le premier est un chanteur, il fait tout ce qu'il veut de sa voix.

ROGER.

Alors, il devrait s'en faire un pantalon.

RÉMOND, bas à Bertrand.

Je ne me trompe pas, c'est le sous-officier qui nous a si bien toisés hier tandis que nous lui montrions nos passe-ports.

BERTRAND.

Au diable la rencontre !

RÉMOND se promène en fredonnant.

De l'audace, de l'aplomb.

(Chantant.)

La tendre Annette
S'en va seulette
Sous la coudrette
Chanter le Robin des bois.

BERTRAND.

Pourquoi ?

ENSEMBLE.

C'est pour savoir
Si le printemps s'avance

Pour chasser l'échéance
De nos climats d'hiver.
Tra , la, la, la, etc.

BERTRAND.

Le beau Narcisse,
La croyant novice ,
La suit à la piste,
La suit pas à pas.

RÉMOND.

Pourquoi ?

ENSEMBLE.

C'est pour savoir, etc.

BERTRAND, sur le devant de la scène.

Un, deux, trois, quatre, cinq, six gendarmes,
Qui avaient un bon rhume de cerveau;
Il s'en va chez les épiciers
Pour avoir...

(Rémond lui fait signe de se taire.)

Ah ! quel plaisir d'être gendarme!
Ah ! quel plai...

(Rémond vient derrière lui et le pousse violemment. Ensuite il va au piano. Ils baragouinent de l'anglais tous les deux. Bertrand fait des battements de jambes, danse, fait une pirouette et vient tomber sur Rémond, qui est toujours au piano ; les gendarmes viennent relever Rémond ; il se laisse traîner jusqu'à l'avant-scène, en alongeant des coups de pied à Bertrand: puis il se relève, fait signe aux gendarmes qu'il ne s'est pas fait mal, et s'approche de Bertrand en se tenant les reins.)

RÉMOND, à Bertrand.

Canaille !... brigand !... filou !... voleur !... Papavoïne !...

BERTRAND.

Oh ! non, non...

PIERRE.

Messieurs, vous êtes servis.

ROGER, à Rémond.

Voulez-vous bien permettre ?

RÉMOND.

Comment donc, monsieur! mais avec le plus grand plaisir.

(Il se met à table, Bertrand s'en va tout doucement du côté de la porte.)

ROGER, à Rémond.

Est-ce que votre ami ne déjeune pas avec nous ?

RÉMOND.

Je vous demande pardon, monsieur. Bertrand ! viens déjeuner.

BERTRAND.

Merci, mon ami, je n'ai pas faim ! Je m'en vais dans la prairie respirer l'air frais du matin, et entendre le doux gazouillement des oiseaux.

(Il met ses gants.)

RÉMOND.

Où donc as-tu fait ces gants-là ?

BERTRAND.

C'est chez la petite mercière ousque tu m'as envoyé demander l'heure.

RÉMOND, se levant de table.

C'est différent ! dis donc, mon ami, ces messieurs t'invitent.

BERTRAND.

Oui, mais je n'ai pas faim. — Et puis, veux-tu que je te dise? j'ai un rendez-vous d'amour.

RÉMOND.

Tu as un rendez-vous d'amour?

BERTRAND.

Oui!... c'est avec la jeunesse avec qui que tu as dansé ce matin.

RÉMOND.

Comment, monsieur, vous allez sur mes brisées?

BERTRAND.

Ah! te voilà encore toi... tu as un amour-propre exorbitant... Est-ce ma faute si je fais des passions?

RÉMOND.

Laissons cela. — Tu ne veux pas me faire le plaisir de venir déjeuner?

BERTRAND.

Tu sais bien que je n'aime pas me trouver avec ces gens-là.

RÉMOND.

Je m'y trouve bien, moi.

BERTRAND.

Parbleu! toi, tu as un front...

RÉMOND.

Vous voulez donc faire de la peine à papa?

BERTRAND.

Mais, non...

RÉMOND.

Tu ne veux pas?

BERTRAND.

Non...

(Rémond lui donne un coup de pied dans les jambes. — Bertrand s'en va à table tout en boitant.)

RÉMOND, aux gendarmes.

Je vous demande bien pardon, mais mon ami est un peu cérémonieux de son naturel... Eh ben! monsieur Pierre, vous ne trinquez pas avec nous?

PIERRE.

Oh! merci bien, monsieur, je ne prends jamais rien à jeun. Cependant pour vous faire plaisir, je m'en vas prendre un petit croûton. (Il coupe un gros morceau de pain.) Il y a long-temps qu'on ne vous a vu par ici, monsieur Roger.

ROGER.

Oui; le pays est tranquille, et sans deux coquins...

BERTRAND, qui s'étrangle.

Euh! Euh!... (Rémond se lève de table, lui fait boire deux grands verres de vin, et ensuite lui donne la bouteille. — Bertrand lui fait signe qu'il en a assez.) C'est quelque chose que je ne pouvais pas avaler.

RÉMOND, à Roger.

Monsieur, ma question va peut-être vous paraître indiscrète; mais vous savez, quand on voyage on aime à s'instruire. — De quelles prisons, s'il vous plaît, se sont-ils échappés, ces deux individus?

BERTRAND.

Ces deux scélérats...

RÉMOND.

Que signifie cette amplification injurieuse?

BERTRAND.

Monsieur a dit coquins.

RÉMOND.

Mon ami, on peut être coquin et n'être nullement scélérat.

BERTRAND.

De quelles prisons, s'il vous plaît, se sont-ils échappés?

ROGER.

Des prisons de Lyon...

(Rémond manque de tomber, Bertrand tombe sous la table.)

ROGER, à Rémond.

Où est donc votre ami?... je ne le vois plus.

RÉMOND.

Bertrand! Bertrand! (Voyant qu'il ne répond pas, il prend sa tabatière et la fait crier. — Bertrand reparaît au bout de la table.) Que diable faisais-tu là-dessous?

BERTRAND.

Je cherchais mon cure-dent que j'avais égaré. (Il va se remettre à sa place.) Tiens, tiens, tiens, des prisons si conséquentes et si bien fermées!

PIERRE.

Elles sont bien fermées?

BERTRAND.

Ah! monsieur Pierre, vous ne pouvez pas vous en faire une idée... (montrant ses poings.) des verroux gros comme ça... faut y avoir été!

RÉMOND.

Ah ça, dis-moi donc, mon cher, où as-tu donc puisé ces connaissances locales sur les susdites?

BERTRAND.

Je l'ai ouï dire dans la société.

ROGER.

On prétend qu'ils se sont réfugiés dans la forêt.

RÉMOND.

Dans la forêt des Adrets? (Roger fait un signe affirmatif.) Eh bien! voyez un peu comme on est quelquefois exposé sans s'en douter? Figurez-vous que nous l'avons traversée à pied, hier, chargés de valeurs considérables qui ne nous appartenaient pas.

BERTRAND.

Qui nous avaient été confiées.

PIERRE.

Comment! on croit que ces échappés se cachent dans la forêt?

ROGER.

Oui; et j'ai reçu l'ordre d'y faire une battue et de m'assurer de tous ceux qui me paraîtront suspects.

PIERRE.

Ah! monsieur Roger, dépêchez-vous d'arrêter ces coquins-là; car je me sens capable...

7

ROGER.

D'aller les arrêter toi-même?

PIERRE.

Les arrêter, moi? Ah ben! vous ne me connaissez guère; je vous disais que j'étais capable de ne pas pouvoir dormir de peur, tant que je les saurais dans la forêt.

RÉMOND.

Ceci change la thèse; dites-moi donc un peu, monsieur Pierre, est-ce que par hasard nous serions poltron?

PIERRE.

Moi?

BERTRAND.

Allons, je crois que nous sommes un peu poltron.

PIERRE.

Ma foi, entre nous, je ne me crois pas trop brave.

SCÈNE VII.

LES MÊMES, DUMONT, CLÉMENTINE.

PIERRE.

Ah! v'la not' maître et mam'selle Clémentine.

ROGER.

Bonjour, Dumont!

DUMONT.

Ah! bonjour, mon ami; vous voilà en bonne disposition.

ROGER.

Comme vous voyez: et vous toujours joyeux.

RÉMOND.

Dis donc, Bertrand, as-tu remarqué les joyaux de mademoiselle?

BERTRAND.

Oui; ça m'a frappé.

DUMONT, à Roger.

Vous arrivez juste un jour de noce.

ROGER.

Comment? qui est-ce qui se marie donc ici?

DUMONT.

Charles, mon fils, qui épouse mademoiselle.

ROGER.

Je lui en fais mon compliment! où est-il donc, le futur? je ne l'ai pas encore vu!

DUMONT.

Il est allé à quatre lieues d'ici chercher le notaire. Sans doute, il ne tardera pas à venir.

PIERRE.

Not' maître! not' maître! v'là M. Charles; j'aperçois la carriole.

ROGER.

Eh bien! allons au-devant de lui.

(Ils sortent.)

SCÈNE VIII.

RÉMOND, BERTRAND, UN GENDARME.

RÉMOND, au gendarme.

Allons, monsieur, le coup de l'étrier.

LE GENDARME.

Volontiers. (Ils trinquent tous les trois.) Messieurs, au plaisir de vous revoir.

RÉMOND.

Comment donc, mais je bâte ce moment-là de tous mes vœux. (Le gendarme sort.) Eh ben! dis donc, Bertrand, c'est encore un préjugé... ils sont très bien, ces gendarmes.

BERTRAND.

Oui, oui, ils sont gentils.

RÉMOND.

Ils ont du monde.

(Rémond a un grand morceau de pain qu'il trempe dans un verre de vin.)

(Chantant.)

Quel plaisir d'être en voyage!
Jamais l'œil n'est en repos,
Toujours sur votre passage
S'offrent des objets nouveaux.

BERTRAND.

Ah ça, je t'admire... tu es là... tu roucoules.

RÉMOND.

Ah çà, veux-tu bien me faire le plaisir de me laisser digérer tranquillement?

BERTRAND.

Tu l'as entendu, nous sommes poursuivis.

RÉMOND.

Voici la route que nous avons à suivre: rentrons d'abord dans notre chambre, appelons Pierre, et comptons avec lui.

BERTRAND.

Mais, mon ami, il n'y a pas besoin de compter.

RÉMOND.

C'est ça, pour nous en aller d'ici sans payer n'est-ce pas?

BERTRAND.

Qu'est-ce que ça fait!

RÉMOND.

Une belle opinion que nous laisserions de nous dans cette auberge! Fais-moi l'amitié de rentrer dans ta chambre.

BERTRAND.

Mais, mon ami...

RÉMOND.

Tu n'entends rien, absolument rien à la traiture des affaires. Fais-moi l'amitié de rentrer dans ta chambre.

BERTRAND.

Je ne peux pas te faire une observation?

RÉMOND.

Veux-tu me faire l'amitié de rentrer dans ta chambre?

BERTRAND.

Mais...

(Rémond le frappe sur la figure avec son morceau de pain trempé dans le vin. — Bertrand se sauve dans la chambre.)

RÉMOND, s'en allant pendant que les autres arrivent.

Monsieur Pierre, la carte à payer !

PIERRE.

Voilà, voilà, monsieur.

RÉMOND.

N'oubliez pas l'assiette d'hier.

(Il rentre dans sa chambre.)

SCÈNE IX.

DUMONT, CLÉMENTINE, CHARLES, ROGER, PIERRE, LE NOTAIRE, DEUX CAVALIERS.

ROGER, à Charles.

Allons donc, allons donc ; est-ce qu'un marié doit se faire attendre ?

CHARLES.

Ce n'est pas ma faute ; nous sommes partis avant le jour, mais les chemins de traverse sont si mauvais !... Au surplus, il paraît qu'il n'y a pas de temps de perdu, car monsieur Germeuil n'est pas encore descendu.

PIERRE et CLÉMENTINE.

C'est vrai.

DUMONT.

Notre ami reste tard au lit aujourd'hui ! oh ! dame, on n'est pas toujours jeune. La paresse nous gagne avec les années. Attendons encore quelques minutes, et s'il ne vient pas, nous irons l'éveiller.

CHARLES.

C'est cela.

ROGER.

Vous êtes un heureux mortel, mon cher Charles, votre prétendue est charmante.

(On entend une ritournelle.)

DUMONT, regardant.

Ce sont nos parents et nos amis qui viennent pour signer au contrat.

CHARLES, au notaire, en lui montrant la table.

Tenez, monsieur le notaire, placez-vous toujours ici.

SCÈNE X.

LES MÊMES, MARIE, VILLAGEOIS, VILLAGEOISES.

(Dumont et Charles leur font des amitiés. Pendant ce temps, Marie sort de sa chambre, descend et regarde si l'on fait attention à elle.)

MARIE, à part.

Personne n'a les yeux sur moi, éloignons-nous.

(Elle gagne doucement la porte ; et comme elle va sortir, elle se trouve vis-à-vis de Roger, qui se dérange pour la laisser passer en l'examinant.)

SCÈNE XI.

LES PRÉCÉDENTS, hors MARIE.

DUMONT.

Mais un moment donc ; et Germeuil ? il ne descend pas, il est cependant près de huit heures.

(Il tire sa montre.)

CLÉMENTINE.

S'il était indisposé ?

CHARLES.

Vous avez raison ; je cours moi-même.

(Il monte à la galerie.)

DUMONT.

Il est peut-être sorti sans prévenir.

PIERRE.

Pas possible ! car c'est moi qui ai ouvert la porte, et je n'ai pas bougé depuis.

CHARLES, écoutant à la porte de Germeuil.

Ah mon Dieu ! il me semble entendre des gémissements.

DUMONT.

Des gémissements ?... Pierre, tu as le trousseau des doubles clefs ; donne vite celle de sa chambre.

PIERRE.

Dans l'instant, monsieur ; (il cherche son trousseau.) tiens... c'est singulier... elle n'y est pas.

CLÉMENTINE.

Comment faire ?

CHARLES.

Je vais enfoncer la porte.

CLÉMENTINE.

Je vous suis.

(Charles, Pierre et Clémentine enfoncent la porte, et entrent dans la chambre ; aussitôt on entend un cri perçant.)

DUMONT.

Grand Dieu ! d'où vient ce cri !

CLÉMENTINE, sortant de la chambre et descendant égarée.

Monsieur Dumont, mon père est assassiné !

TOUS.

Assassiné !

(Effroi général. — Clémentine vient tomber évanouie auprès de la table. — On lui prodigue des secours.)

SCÈNE XII.

LES MÊMES, CHARLES, PIERRE.

CHARLES.

O crime horrible ! Monsieur Germeuil est percé de plusieurs coups et baigné dans son sang.

(Plusieurs des parents et amis montent rapidement ; Clémentine veut courir près de son père, on la retient, elle s'évanouit ; on l'emporte.)

ROGER.

Quel événement affreux ! lui connaissiez vous des ennemis ?

DUMONT.

Aucun ! Il ne vivait que pour faire du bien.

CHARLES, descendant.

Nul doute qu'il n'ait été la victime des scélé-
ats qui l'ont volé. Voilà son portefeuille ouvert
près de lui.

DUMONT.

Et les douze mille francs ?

CHARLES.

Ils n'y sont plus.

ROGER.

Soupçonnez-vous quelqu'un ?

DUMONT.

Personne.

PIERRE, après un moment de réflexion.

Attendez ; moi, j'ai des soupçons...

TOUS.

Sur qui ?

PIERRE.

Sur cette femme à qui vous avez donné l'hospitalité hier.

DUMONT.

Qui, Marie ?

PIERRE.

C'est ça.

ROGER.

N'est-ce pas une femme dont les vêtements
semblent annoncer la misère ?

TOUS.

Précisément.

ROGER.

Je viens de la voir sortir dans l'instant. Elle
se dirigeait de ce côté.

PIERRE.

Monsieur Dumont, monsieur Roger, ordon-
nez qu'on coure sur ses traces, et qu'on la ra-
mène ici sur-le-champ.

DUMONT.

Qui peut te faire présumer... ?

PIERRE.

Je m'expliquerai plus tard ; qu'on la pour-
suive.

ROGER, à un cavalier et aux paysans.

Ne perdez pas de temps, mes amis, courez
à sa poursuite.

(Ils sortent en courant. — De temps en temps on voit
Pierre et d'autres personnes monter, descendre et porter
des secours. — Dumont monte à la chambre et y reste.)

ooooooooooooooooooooooooooooooooooooooooooooooooo

SCÈNE XIII.

ROGER, PIERRE.

ROGER, à Pierre.

Maintenant explique-toi.

PIERRE.

Volontiers. Ce matin, à la pointe du jour,
comme je sortais de ma chambre, cette femme
faisait tous ses efforts pour ouvrir cette porte.
En me voyant, elle fut déconcertée, et puis
elle répondit à mes questions d'un air... qui...

enfin... ça me donna... bien sûr que son air
n'était pas naturel... Comme je l'engageais à
attendre, pour s'en aller, le réveil de M. Germeuil, à qui elle avait promis de parler, elle a
versé quelques larmes ; et en tirant son mouchoir pour les essuyer, une bourse contenant
de l'or est tombée de sa poche

TOUS.

Se peut-il ?

PIERRE.

Il y a dans tout ça quelque chose qui n'est
pas clair ; car enfin, une malheureuse que l'on
a relevée hier, mourant de besoin, sans le sou,
et qui a aujourd'hui de l'or...

ROGER.

En effet ! et d'ailleurs, pourquoi cet empressement à fuir cette maison ? il est de mon devoir de prendre sur cette affaire tous les renseignements possibles. (Au cavalier.) Dressez
procès-verbal. (A Pierre.) N'y a-t-il que cette
femme qui ait passé la nuit à l'auberge ?

PIERRE.

Pardonnez-moi ; nous avons encore logé les
voyageurs avec qui que vous avez déjeuné.

ROGER.

Qu'on les fasse venir.

PIERRE.

Ils sont sans doute dans leurs chambres, je
vais les chercher.

(Il va frapper à leur porte. — Dumont revient en scène.)

CHARLES, à Dumont.

Eh bien ?

DUMONT.

Toujours dans le même état, il ne donne
aucun signe d'existence.

ooooooooooooooooooooooooooooooooooooooooooooooooo

SCÈNE XIV.

LES PRÉCÉDENTS, RÉMOND, BERTRAND.

RÉMOND.

Qui est-ce qui se permet de frapper à ma
porte d'une manière aussi inconvenante ?...
Eh ! c'est ce brave monsieur Pierre.

PIERRE.

C'est M. le maréchal-des-logis qui désirerait
vous parler.

BERTRAND, bas à Rémond.

Serions-nous découverts ?

RÉMOND, à Roger.

Aimable convive, de quoi s'agit-il ?

ROGER.

Un assassinat a été commis dans cette maison.

(Rémond en faisant un geste de surprise donne un coup
de chapeau dans la figure de Bertrand.)

RÉMOND.

Vraiment, monsieur ?... et qui donc a été la
victime ?

DUMONT, dans le fond.

Le malheureux Germeuil.

Rémond et Bertrand cherchent la personne qui vient de parler.)

RÉMOND, à Dumont.

Ne venez-vous pas de pousser un léger son?

DUMONT.

Je vous ai dit le malheureux Germeuil.

BERTRAND.

Qui a assassiné?

RÉMOND.

Eh non! qui a été la victime. Mais nous le connaissions beaucoup, M. Germeuil; c'est ce monsieur qui était hier soir à la fête?

BERTRAND.

Tiens, tiens, tiens, tiens; qui avait des bas de coton, et une culotte beurre frais.

RÉMOND.

Ce que tu dis là est hors d'œuvre. Il avait l'air de jouir d'une parfaite santé. Oh! les auteurs de ce crime sont des monstres! Détruire un homme qui se portait si bien!

ROGER.

Vos passe-ports.

RÉMOND, lui donnant une lettre.

Voici le mien. —Ah! —oh! oh! Pardon. — Le voici.

(Il reprend la lettre et donne un passe-port. — Il va à Bertrand.

Une lettre de la baronne.

BERTRAND.

Elle te fait des reproches?

ROGER, regardant le passe-port.

Vous vous nommez?

RÉMOND.

Toujours.

ROGER.

Je vous demande votre nom.

RÉMOND.

De Saint-Rémond.

ROGER.

Où allez-vous?

RÉMOND.

A Bagnères, prendre les eaux de ce pas. Ma santé est un peu délabrée.

ROGER.

Comment, vous allez à Bagnères prendre les eaux de Spa? Cela ne se peut pas; Bagnères, qui est dans les Pyrénées, et Spa à sept lieues de Liège.

RÉMOND.

Monsieur le brigadier ne perd pas la carte... Mais je vous dis que je vais de ce pas prendre les eaux de Bagnères.

ROGER.

C'est différent. Votre profession?

RÉMOND.

Ambassadeur du roi de Maroc... Vous êtes peut-être étonné de ne pas me voir en maroquin?

ROGER.

Fort bien. (A Bertrand qui se cache derrière Rémond.) Le vôtre! est-ce que vous n'en avez pas?

RÉMOND.

Monsieur te fait l'honneur de te demander ton passe-port.

BERTRAND.

Voilà, voilà, c'est que nous les avons déjà montrés hier.

RÉMOND.

Eh bien! qu'est ce que cela signifie? est-ce que monsieur n'est pas dans l'exercice de ses fonctions! monsieur a le droit de t'interroger, tu n'as pas celui de lui répondre.

BERTRAND, tirant ses papiers.

Voilà, voilà. (Il en laisse tomber un.) Ah! c'est la reconnaissance de mon manteau, j'ai eu cent soixante-dix francs dessus.

(Il donne son passe-port.)

ROGER.

Vous vous nommez?

BERTRAND.

Bertrand.

ROGER.

Et vous allez?

BERTRAND.

Pas mal, et vous?

ROGER.

Je vous dis : Et vous allez?

BERTRAND.

Pas mal, et vous?

RÉMOND.

Monsieur me suit.

BERTRAND.

Je le suis, je suis de sa suite; de sa suite, j'en suis; je le suis.

ROGER.

Votre profession?

BERTRAND.

Orphelin!

(Chantant.)

A peine au sortir de l'enfance...

ROGER.

Mais, monsieur, je vous demande votre profession.

BERTRAND.

A peine au sortir de l'enfance...

RÉMOND.

Ah ça, veux-tu bien te taire?... (A Roger.) Je vous demande bien pardon, mais mon ami est un peu lunatique.

BERTRAND.

Oui, je suis fabricant de lunettes.

ROGER.

Il n'y a rien à dire à ces papiers, ils sont fort en règle.

RÉMOND.

Ainsi, nous pouvons continuer notre route?

ROGER.

Vous ne pouvez vous éloigner encore; jusqu'à ce que l'enquête soit terminée, personne ne peut sortir de cette maison.

RÉMOND.

C'est on ne peut pas plus juste.

SCÈNE XV.

LES MÊMES, MARIE.

MARIE.

Au nom du ciel! que me veut-on? (Elle regarde autour d'elle.) Pourquoi cet appareil?

DUMONT.

Approchez, malheureuse, et tâchez de vous disculper du crime dont on vous accuse.

MARIE.

De quel crime voulez-vous parler?

ROGER.

Monsieur Germeuil a été assassiné.

MARIE.

Et c'est moi que l'on soupçonne..

TOUS.

Oui, vous.

RÉMOND, à part.

Heureux hasard!

MARIE.

Mon Dieu! je n'ai donc pas encore épuisé ta colère!

ROGER.

Qu'avez-vous à répondre?

MARIE.

Monsieur, j'ignore comment j'ai pu faire naître de si terribles soupçons; mais je jure devant Dieu que je suis innocente.

PIERRE.

Jurez-vous aussi que ce matin vous ne possédiez pas de l'or?

MARIE.

Je possédais ce matin, et je possède encore quatre louis qui sont renfermés dans cette bourse, que m'a donnée monsieur Germeuil.

ROGER.

Donnée, dites-vous? et à quel titre?

RÉMOND.

Oui! à quel titre cet or-là?

BERTRAND.

Oui, à quel titre?

(Rémond lui donne un coup sur le bras.)

ROGER, à Marie.

Il vous connaissait donc depuis long-temps?

MARIE.

Je le vis hier pour la première fois.

ROGER.

Et sans vous connaître, il vous a donné une somme aussi forte, en y ajoutant le don de sa bourse?

MARIE.

Je vous ai dit la vérité.

ROGER.

Il suffit...

RÉMOND, à Roger.

Monsieur, je vous demande un million de

pardons, si je viens, pour ainsi dire, me jeter à la traverse, dans un interrogatoire d'un si haut et si puissant intérêt; mais dans la position difficile et critique où nous nous trouvons tous placés, on ne saurait trop, par quelque moyen que ce puisse être... si enfin l'un de nous venait à découvrir un avis qui tendit à jeter un peu de lumière sur... enfin vous comprenez. Cette malheureuse femme...

BERTRAND.

Cette scélérate de femme...

RÉMOND.

Ah ça, te voilà encore avec tes amplifications injurieuses?... Madame est accusée et non convaincue. Cette malheureuse femme n'occupait-elle pas une chambre à côté de celle de l'infortuné Cerfeuil?...

DUMONT.

Germeuil, monsieur.

RÉMOND.

Germeuil.

PIERRE.

Oui, monsieur, le n° 8.

RÉMOND.

Et l'infortuné?

PIERRE.

N° 13.

RÉMOND.

8 et 13 font 21; c'est bien cela. Alors il est impossible qu'elle n'ait pas entendu quelque chose; car enfin, on ne commet pas un assassinat sans faire un peu de bruit.

BERTRAND.

Jamais, jamais, jamais.

RÉMOND.

Alors les renseignements qu'elle pourrait fournir faciliteraient la découverte des assassins, et tendraient à nous sortir de la situation difficile et embarrassée où nous nous trouvons tous jetés.

BERTRAND.

Que fais-tu?

RÉMOND.

Je les entortille, animal.

ROGER, à Marie.

En effet, on n'a pu s'introduire dans l'appartement du malheureux Germeuil, sans que vous ayez entendu quelque bruit.

MARIE.

Je vous jure que je n'ai rien entendu.

ROGER.

Est-il vrai que, ce matin, Pierre vous a surprise essayant d'ouvrir cette porte pour vous en aller?

PIERRE.

Ah! ce n'était donc pas pour prendre l'air comme vous me l'aviez dit?

DUMONT, à Marie.

Pourquoi cet empressement à fuir d'une maison où vous aviez été accueillie avec tant de bonté?

RÉMOND.

Mais, madame, pourquoi cet empressement à fuir d'une maison où vous aviez été accueillie avec tant de bonté?

BERTRAND.

Mais, madame, pourquoi cet empressement à fuir d'une maison...?

RÉMOND, lui frappant sur le bras.

Ah ça, veux-tu bien te taire!

(Il le pousse devant les gendarmes; Bertrand s'en va tout honteux.)

MARIE.

C'est la crainte de gêner.

PIERRE.

Mauvaise raison: vous aviez promis à ce pauvre M. Germeuil de ne pas partir sans lui parler.

MARIE.

Il est vrai... Mais je l'avais oublié.

PIERRE.

Ah! oui, et tout-à-l'heure l'aviez-vous encore oublié? vous étiez partie; et juste comme on s'étonnait de ne point le voir.

(Marie reste confondue.)

ROGER.

Il suffit... qu'on s'assure de cette femme.

RÉMOND, à part.

Nous sommes sauvés.

BERTRAND.

Eh bien! sauvons-nous.

MARIE.

Grand Dieu! vous pourriez me croire capable!... (A Dumont.) Homme généreux, et vous vertueux Charles, j'embrasse vos genoux. Ne souffrez pas...

DUMONT, la repoussant.

Éloignez-vous!

MARIE.

Malheureuse!

ROGER.

Votre nom?

MARIE.

Marie Beaumont.

DUMONT, surpris.

Marie Beaumont? vous vous nommez, dites-vous, Marie Beaumont?

MARIE.

Oui, monsieur.

DUMONT.

N'avez-vous jamais eu d'enfants?

MARIE.

Hélas! j'eus un fils.

DUMONT.

Un fils!... et qu'est-il devenu?

MARIE.

Je l'ignore. Un sort cruel me força de l'abandonner dans une auberge!

CHARLES, à part.

Quel soupçon!

DUMONT.

Marie, vous avez déjà habité Grenoble?

MARIE, hésitant.

Monsieur...

DUMONT.

Ah! répondez.

CHARLES.

Répondez, je vous en conjure.

MARIE.

Eh bien! il est vrai qu'autrefois...

DUMONT.

Vous étiez détenue dans les prisons de cette ville.

MARIE.

Monsieur, vous sauriez...?

DUMONT.

A cette époque aussi, comme en ce moment, vous étiez accusée...

MARIE, en pleurs.

Alors, comme aujourd'hui, j'étais innocente.

CHARLES, à part.

Plus de doute, c'est elle.

MARIE.

Mais pourquoi ces questions? Cet enfant dont vous me parlez, sauriez-vous?... oh! je vous le demande comme une grace, dites-moi si mon fils respire encore.

DUMONT.

Oui, pour son malheur.

CHARLES, avec entraînement.

Ma mère!

(Marie jette un cri et se précipite dans les bras de son fils.)

TOUS.

Sa mère!

RÉMOND, à Bertrand.

Dis donc! c'est mon fils!

(Pendant cette scène, Rémond tient la main de Charles, qui a un foulard; — lorsqu'il se jette dans les bras de sa mère, le foulard reste dans les mains de Rémond, qui le met dans sa poche et fait crier sa sabotière.)

BERTRAND, à Rémond.

En v'là une sévère!... tu vas donc retrouver toute ta famille ici?

DUMONT, à Charles.

Qu'as-tu fait, Charles?

TOUS.

Sa mère!

CHARLES.

Oui... monsieur Dumont n'est pas mon pèr je ne fus jamais qu'un malheureux objet de pitié.

MARIE, accablant Charles de caresses.

Mon fils! mon cher fils!

CHARLES.

Grand Dieu! était-ce ainsi que vous deviez me la rendre?

MARIE.

Rassure-toi, le ciel prendra soin de me justifier.

ROGER.

Madame, il faut me suivre.

CHARLES.

Ah! monsieur Roger, c'est ma mère; avant de la livrer à la justice, laissez-moi tout employer pour connaître la vérité.

ROGER.

Je ne sais si je dois...

MARIE.

Ne craignez pas que je cherche à fuir des lieux où j'ai retrouvé mon fils.

RÉMOND, à Bertrand.

Contrainte horrible! voilà mon fils, et je ne puis voler dans ses bras.

BERTRAND.

Avec ça qu' t' en aurais bien envie?

RÉMOND, à Charles, en lui donnant son foulard.

Jeune homme, votre foulard que vous laissâtes choir. (À Bertrand.) As-tu des ciseaux?

BERTRAND.

Pourquoi faire?

RÉMOND.

Pour lui couper une mèche de cheveux.

BERTRAND.

Arrache-la.

(Pendant ce temps, un brigadier apporte à Roger un papier qui semble concerner les deux voleurs.)

RÉMOND, allant à Dumont, le prend par la main, l'amène sur le devant de la scène, le salue, et dit à Bertrand.

Salue monsieur! — (À Dumont.) Monsieur! c'est superbe ce que vous avez fait là !... vous vous êtes acquis à jamais mon estime.

BERTRAND.

Et la mienne aussi! (A Rémond.) Dis donc, comme il nous regarde!

ROGER.

Assurez-vous de ces deux hommes!

RÉMOND.

Il y a une compagnie d'assurance, ici?

ROGER, les désignant.

Assurez-vous de ces deux hommes!

RÉMOND.

On assure quelqu'un?

ROGER.

C'est de vous qu'il est question.

RÉMOND.

De nous !... de quel droit?...

BERTRAND.

De quel droit?

RÉMOND.

De quel droit attente-t-on à la liberté d'un citoyen paisible?...

BERTRAND.

De deux citoyens paisibles....

RÉMOND.

Tranquilles!...

BERTRAND.

Tranquilles!...

RÉMOND.

Et qui ne font de mal à personne.

BERTRAND.

Et qui ne font de mal à per...

(Rémond lui donne un coup sur le bras pour le faire taire.)

ROGER.

Écoutez: (Il lit.) « Le maréchal-des-logis « Roger a ordre d'arrêter par-tout où il les

« trouvera, les deux hommes échappés des « prisons de Lyon *... »

RÉMOND.

Monsieur, je vous demande un million de pardons; mais faites-moi le plaisir de me dire quel rapport il peut exister entre les deux échappés des prisons de Lyon, et moi et monsieur?

ROGER.

Je vais vous le dire.

RÉMOND.

Mais, monsieur, voilà très long-temps que vous nous retenez ici. J'ai déjà eu l'honneur de vous dire que j'étais ambassadeur du roi de Maroc; nos affaires ne nous permettent pas de rester plus long-temps.

BERTRAND.

Bah! bah! tout ça c'est des bêtises. Je ne demande plus qu'une chose; c'est que tout le monde s'embrasse et qu' ça finisse.

(Ils vont pour embrasser les gendarmes, ceux-ci les repoussent.)

ROGER, continuant de lire.

« Qui voyagent, l'un, sous le nom de Bertrand... »

RÉMOND.

C'est monsieur.

ROGER.

« L'autre sous celui de Rémond. »

RÉMOND.

C'est moi.

ROGER.

« Mais le premier n'est autre que Jacques « Strop; et le second, Robert Macaire. »

RÉMOND, à Bertrand.

Nous sommes pincés.

MARIE.

Macaire?... l'ai-je bien entendu!

ROGER.

(Il s'approche de Rémond et lui ôte son bandeau.)

« Ce dernier cache sa figure sous un ban- « deau noir... »

MARIE.

Dieu! c'est lui!

(Elle s'évanouit. — On l'emporte. — Rémond se bat avec les gendarmes, prend un chapeau à cornes, le met sur sa tête, et tire le sabre du fourreau d'un gendarme.)

RÉMOND.

A la garde!... à la garde!... Mais, messieurs, vous nous mettez en loques... vous déchirez les vêtements... vous me chiffonnez mes affaires.

BERTRAND, entre deux gendarmes.

On n'a jamais vu des choses pareilles; ça ferait sortir de mon caractère...

RÉMOND.

Je demande la permission de dire deux mots à mon ami.

(Ils s'en vont tous deux dans un coin du théâtre.)

* Voir la variante à la fin du second acte.

ROGER.

Y sommes-nous?

RÉMOND.

Un instant, monsieur. (A Bertrand.) Mon ami, il ne faut pas nous dissimuler une chose; c'est que nous avons fait des bêtises.

ROGER.

Eh bien! y sommes-nous?

BERTRAND.

Fais pas attention, faut mépriser ces choses-là.

RÉMOND, *ouvrant sa tabatière, met du tabac dans la main de Bertrand et en prend aussi.*

(A Bertrand.) Plus tard... Sois tranquille, le dieu des bons enfants... (A Roger.) Monsieur, la feinte est désormais inutile, c'est bien moi qui suis Robert Macaire. (Ils jettent leur tabac dans les yeux des gendarmes, et ils se sauvent. — On court après eux.)

RÉMOND, *dans une loge.*

Qu'est-ce que c'est que cette pièce-là? c'est détestable. Nous sommes volés comme dans un bois. Ça ne vaut rien, c'est mauvais; c'est ignoble... je ne sais pas comment on peut faire jouer des pièces comme ça. (Un gendarme entre dans la loge de Rémond, et lui frappe sur l'épaule.) Qu'est-ce que vous voulez? vous n'avez pas le droit d'entrer ici.

BERTRAND, *dans l'orchestre.*

A la porte le gendarme!... à la porte le gendarme!

(Combat du gendarme et de Rémond. — Rémond le tue et le jette sur le théâtre. — Un gendarme entre à l'orchestre, Bertrand passe dans l'orchestre des musiciens et prend un violon.)

LE MUSICIEN.

Mon violon! mon violon!

(Bertrand sort par le trou du souffleur et lutte avec le mannequin. — Rémond est ramené par les gendarmes; on saisit les deux voleurs.)

BERTRAND.

Décidément, nous la gobons.

COUPLET FINAL.

Nous somm' pincés; et, quoiqu'on fasse,
Faudra subir un jugement.

RÉMOND.

Mais il est un recours en grace
Qu'ici j'implore en ce moment.

(A Bertrand. Parlé.) Viens donc ici, toi!

BERTRAND.

Quoi faire?

RÉMOND.

Engourdir ton public.

BERTRAND.

Attends que je mette mes gants.

RÉMOND, *chantant.*

Ah! daignez calmer nos alarmes.

BERTRAND.

Pour nous montrez-vous indulgents.

RÉMOND, *parle.*

Au fait, qu'a-t-on à nous reprocher? quelques escroqueries gracieuses, une trentaine de vols de bonne compagnie, cinq ou six assassinats... à peine.

BERTRAND.

Et le gendarme de tout-à-l'heure?

RÉMOND.

Tais-toi donc, imbécile.

BERTRAND.

Je dis, le gendarme de tout-à-l'heure.

RÉMOND.

Qu'est-ce que ça prouve?... eh! mon Dieu!... (*Chantant.*)

Tuer les mouchards et les gendarmes, } bis.
Ça n'empêche pas les sentiments. }

VARIANTE.

Pour la pièce en trois actes, la Variante commence de la lecture de la lettre. — *Voyez* page 56.

ROGER.

Écoutez.

(Il lit la lettre.)

MARIE, *à part.*

L'ai-je bien entendu?

ROGER, *continuant.*

« Ce dernier cache une partie de sa figure » sous un bandeau.)

(Roger s'approche de lui et le lui arrache.)

MARIE, *le reconnaissant.*

Dieu! c'est lui! (Elle tombe évanouie. — Tableau.)

ACTE TROISIÈME.

Le théâtre représente une cour de l'auberge: à gauche un pavillon; à droite une grange avec un grenier au-dessus. Sur le toit, une fenêtre avec une poulie pour monter les fourrages; au rez-de-chaussée, une petite fenêtre grillée donnant dans la grange. Dans le fond, un mur. Au milieu, une petite porte donnant dans la forêt.

SCÈNE I.

ROGER, PIERRE, GARDES.

(Au lever de la toile, Roger est près du pavillon avec les deux gardes. Il ferme la porte à double tour.)

PIERRE.

Dieu merci, v'là not' auberge changée en prison.

ROGER.

Les ferrures sont solides?

PIERRE.

J' vous en réponds.

ROGER, à l'un des cavaliers.

Maintenant à cheval, et ventre à terre jusqu'à la brigade. Vous ramènerez avec vous quatre cavaliers pour notre escorte. (Le cavalier sort.)

PIERRE.

Oh ! il est bien là dans le pavillon, ce Robert Macaire, qui faisait le borgne tantôt, et qui avait d'aussi bons yeux que moi. Et son camarade, c't autre qui est si laid, y n'est pas mal à l'ombre au fond de cette grange, dans la petite chambre grillée qui ressemble plus à un cachot qu'à toute autre chose.

ROGER, au garde.

M. Germeuil est enfin revenu du long évanouissement que la perte de son sang avait causé... Mais, frappé presque dans son sommeil, il n'a rien pu voir, reconnaître personne. Marie, cependant, reste libre dans la maison, à la prière de son malheureux fils... seulement qu'elle ne paraisse point au-dehors.

(Il regarde encore le pavillon et la grange.)

PIERRE.

Oh ! n'y a pas d' tentatives à craindre, allez.

ROGER, à un cavalier.

Vous, retournez à la porte principale, et que personne ne puisse entrer ou sortir.

(Le deuxième cavalier sort.)

PIERRE.

Eh bien ! en v'là-t-il des évènements depuis hier ! Un assassinat, qui, un peu plus, changeait la noce en enterrement ; deux honnêtes gens qui sont des coquins ; qui diable, aussi, se serait douté que c'te mam'selle Marie... avec tout cela, si elle était innocente, ça s'rait tout de même ben mal à moi.

ROGER.

Tout ceci s'éclaircira ; maintenant je vais achever mon procès-verbal. (Il sort.)

SCÈNE II.
PIERRE, seul.

Voyez un peu, comme on est trompé, moi qui avais tant de confiance en ces... C'est fort heureux qu'ils ne nous aient rien volé. En quelque sorte même c'est très bien de leur part ; car s'ils avaient voulu... enfin hier n'ont-ils pas eu pendant quelques minutes entre les mains le trousseau de toutes les doubles clefs de la maison ? Bien certainement il leur eût été facile d'en escamoter... et pendant que nous dormions... Eh mais... quelle idée... La clef de la chambre de M. Germeuil a disparu !... si c'était... ! des gens comme ça, c'est capable de tout... et moi qui ai accusé... ! Ah mon Dieu !... mais avant de parler faut s'en assurer.

SCÈNE III.
PIERRE, CHARLES, DUMONT.

PIERRE.

V'là ce pauvre M. Charles avec son père, qui n'est plus son père... a-t-il l'air triste ! Eh ben ! monsieur Dumont, et ce pauvre M. Germeuil ?

DUMONT.

Le médecin a une lueur d'espoir... on pense que la vue de sa fille lui fera du bien. Il a demandé à la voir ; elle est maintenant près de lui.

PIERRE.

Pauvre cher homme ! pourvu qu'il en revienne.

DUMONT.

Si quelqu'un nous demandait ; nous restons pour respirer un moment.

PIERRE, à Dumont.

Oui, monsieur. (A part.) Je vais en même temps éclaircir mes doutes.

(Il sort.)

SCÈNE IV.
DUMONT, CHARLES.

DUMONT.

Charles, je t'en conjure, ne te livre point ce sombre désespoir.

CHARLES.

Ah ! monsieur, qu'exigez-vous de moi ?

DUMONT.

Monsieur !... quel est ce titre ? ne suis-je donc pas ton père ?

CHARLES.

Ai-je encore le droit de vous appeler ainsi ?

DUMONT.

Tu l'auras toujours.

CHARLES.

Ciel impitoyable, qui ne m'a rendu ma mère que pour me ravir au même instant tout ce qui pouvait m'attacher à la vie.

DUMONT.

Mon enfant, allons, du courage, toute espérance n'est pas perdue.

CHARLES.

Mon cœur se refuse à l'horrible pensée de croire ma mère coupable. Mais comment prouvera-t-elle son innocence ? Allez, mon père, mon destin est marqué. Né au sein du malheur, j'y dois traîner le reste de mes jours ; repoussez loin de vous un infortuné. Abandonnez le malheureux Charles.

DUMONT.

Que je t'abandonne ! tu peux m'en croire capable !... Non ; quel que soit le sort qui t'est réservé, je le partagerai, Charles. Voilà Clémentine, garde-toi d'ajouter à sa douleur par l'excès de la tienne.

SCÈNE V.
LES MÊMES, CLÉMENTINE.

CLÉMENTINE.

Charles, monsieur Dumont, nous abandonnez-vous donc ?

DUMONT.

Par respect pour votre douleur, et dans la

crainte que notre vue ne l'augmentât, nous évitions vos regards.

CLÉMENTINE.

Comme moi, vous gémissez du cruel évènement qui m'a plongée tout-à-coup dans la désolation; votre chagrin, loin d'aigrir ma peine, l'aurait adoucie... Mais enfin l'espoir renaît dans mon âme. Le médecin répond des jours de mon père. Il est bien faible encore, mais il peut parler... Dès qu'il a repris ses sens, il a voulu me voir, entendre de ma bouche toutes les circonstances... Ah! quelle fut sa douleur lorsque je lui appris que cette malheureuse femme que l'on accuse, est votre mère!

CHARLES.

Grand Dieu! il sait tout, et je ne lui fais point horreur!

CLÉMENTINE.

Écoutez-moi. Ce n'est point pour ajouter à votre désespoir qu'il m'envoie.

∞∞∞∞∞∞∞∞∞∞∞∞∞∞∞∞∞∞∞∞∞∞∞∞∞∞∞∞

SCÈNE VI.

LES MÊMES, MARIE.

MARIE, à part.

Ciel! Clémentine, et mon fils...

CLÉMENTINE, à Charles.

Il n'est malheureusement que trop probable que celle à qui vous devez l'existence...

MARIE, à part.

Affreuse persuasion!

CLÉMENTINE.

Cependant, c'est votre mère, Charles, il est de votre devoir de la dérober au châtiment... Vous le devez, pour votre propre honneur, pour celui de l'homme généreux qui vous a tenu lieu de père, pour nous tous enfin...

MARIE, à part.

Qu'entends-je?

CLÉMENTINE.

Facilitez-lui les moyens de fuir de ces lieux. Par vos prières et les miennes, nous avons obtenu qu'elle ne fût point enfermée, profitez sans hésiter de cette grace pour la sauver. Guidez vous-même ses pas vers la frontière, à l'aide de la somme qui seule sans doute a pu l'engager,...

CHARLES.

Clémentine!...

CLÉMENTINE.

Elle peut, avec le travail, se procurer une existence sur une terre étrangère; qu'elle fuie, qu'elle dérobe sa tête au glaive des lois; qu'elle s'efforce, pendant le temps qui lui reste à vivre, de mériter par son repentir la miséricorde divine. Telles sont les intentions de mon père.

MARIE, à part.

Grand Dieu!

CHARLES.

Cette action généreuse me fait cruellement sentir toute l'étendue de la perte que je fais. Mais non. Cet argent ne sera pas perdu pour vous, et mon travail...

CLÉMENTINE.

Cette somme devait assurer notre bien-être, notre félicité... Qu'elle vous sauve du moins d'honneur. Dès qu'il fera nuit, que la malheureuse parte de ces lieux.

MARIE, se montrant.

Vous l'espérez en vain. Je ne partirai pas.

TOUS.

Dieu! c'est elle.

MARIE.

Charles, je suis innocente, et l'aspect même du châtiment réservé aux coupables ne saurait m'épouvanter: j'en atteste ce Dieu, pour qui seul il n'est rien de caché, ma conscience est pure. Généreuse fille, daignez en croire mes larmes, je suis innocente!...

CLÉMENTINE, avec un sentiment d'horreur.

Laissez-moi.

MARIE.

Autant qu'infortunée!

CLÉMENTINE.

Je ne puis supporter sa vue. Charles!...Adieu.

(Elle sort.)

∞∞∞∞∞∞∞∞∞∞∞∞∞∞∞∞∞∞∞∞∞∞∞∞∞∞∞∞∞∞∞

SCÈNE VII.

DUMONT, CHARLES, MARIE.

DUMONT.

Marie, innocente ou coupable, dites enfin...

MARIE.

Je n'ai qu'un mot à dire, et je ne cesserai de le répéter jusqu'à ma dernière heure; je suis innocente. J'étais loin de m'attendre que les bienfaits d'un homme compatissant prêteraient contre moi d'aussi cruelles armes.

DUMONT.

On sait maintenant que la bourse vous a été en effet remise par Germeuil lui-même... Mais votre départ précipité de ces lieux, après la promesse de revoir notre malheureux ami, comment le justifierez-vous?

MARIE.

M. Germeuil, touché de ma misère, s'était offert de l'adoucir si je voulais lui faire, avant tout, un récit sincère de mes malheurs. Poussée par ses instances, j'avais promis... Mais je n'ai pas eu la force de m'exposer à perdre son estime en lui avouant que, flétrie, aux yeux de la société...

DUMONT.

Ah! cette malheureuse circonstance n'est pas la moins aggravante!...

MARIE.

Je fus encore à cette époque victime d'une erreur, et condamnée injustement.

CHARLES.

Quoi! ma mère...

Oui, mon fils, injustement... Pardonne; pour me disculper à tes yeux, je vais ajouter à tes chagrins, mais je te dois la vérité; et je te la dois tout entière. Fille unique et dans l'aisance, mes premières années furent heureuses. Hélas! qu'il dura peu ce bonheur!... Mes parents, trompés par des dehors séduisants, donnèrent ma main à l'auteur de tes jours. Ma fortune seule avait déterminé son choix, il ne le prouva que trop à leur mort. Il se livra ouvertement aux excès les plus honteux. En quelques années, il dissipa toute la fortune que je lui avais apportée, et me plongea dans la plus affreuse misère.

CHARLES et DUMONT.

Juste ciel!...

MARIE.

Heureuse encore s'il en fût resté là! Mais sans moyens d'existence, tout lui sembla bon pour sortir d'embarras, et le vol... Tu frémis, Charles!... Oui, le vol fut sa dernière ressource. Bientôt la justice informa sur son compte. Il prit la fuite. Une visite dans sa maison découvrit plusieurs effets précieux qu'il y avait cachés à mon insu, et ta malheureuse mère, traînée devant les tribunaux... Hélas! je pardonne à mes juges, toutes les apparences étaient contre moi.

CHARLES.

Et l'auteur de tous vos maux, que devint-il? Quel fut son sort?

MARIE.

Son sort! Ah! toute ma raison se bouleverse à l'idée de te le faire connaître.

SCÈNE VIII.

LES MÊMES, PIERRE.

PIERRE, accourant.

Monsieur Charles! not'bourgeois! j'aurais deux mots à vous dire.

DUMONT.

Parle.   (Marie va pour se retirer.)

PIERRE, la retenant.

Restez, mam'Marie, vous n'êtes pas de trop ici. Ça vous concerne.

MARIE.

Q'est-ce encore?

PIERRE.

Soyez sans inquiétude cette fois-ci... Ah! mam'Marie! me pardonnerez-vous d'vous avoir accusée? Car, à présent, j'en suis sûr, vous n'êtes pas une... c'est-à-dire... c'n'est pas vous qui... enfin...

TOUS.

Que veux-tu dire?

PIERRE.

Que j'ai découvert les assassins.

MARIE et DUMONT.

Qu'entends-je?

CHARLES, vivement.

Ah! parle!... explique-toi.

PIERRE.

Du moins, j'ai de fortes raisons pour le croire, puisque je viens de trouver chez eux la clef...

CHARLES.

Chez qui?

PIERRE.

Vous ne devinez pas?... ce sont ces deux coquins que M. Roger a arrêtés tantôt et qui sont enfermés sous de bons verrous dans ces deux corps de logis.

DUMONT et CHARLES.

Eux!

MARIE, à part et avec douleur.

Ce dernier coup manquait à ma misère.

DUMONT.

Mais comment se fait-il?

PIERRE.

Ce matin lorsqu'on voulut entrer chez M. Germeuil, quand j'allai chercher le trousseau de doubles clefs, je ne me suis pas souvenu tout de suite qu'hier au soir le trousseau était resté... ah! pas deux minutes... mais enfin il n'en faut pas davantage.

DUMONT.

Mais achève donc.

PIERRE.

Eh bien! je vous le dis, le trousseau me revient à l'idée; voilà ma tête qui trotte, je monte aussitôt dans leur chambre, je dérange, je tourne, je furète... rien... je m'en allais, lorsque je remarque que les cendres du foyer.. on n'avait pas fait de feu... venaient d'être fraîchement remuées; je les éparpille, j'y trouve cette clef, précisément la clef que je cherchais...

DUMONT.

Étrange circonstance!

CHARLES.

O bonheur inespéré!

MARIE, à Pierre avec inquiétude.

Mon ami, as-tu déjà fait part à quelqu'un...?

PIERRE.

Non, mam'Marie, j'ai cru que vous deviez être les premiers...

CHARLES.

Ah! je conçois votre impatience, ma mère, il vous tarde d'être délivrée d'un soupçon odieux; je cours dénoncer les monstres...

MARIE, le retenant.

Malheureux! que vas-tu faire?

CHARLES.

Livrer l'assassin...

MARIE l'arrête avec effroi.

Charles, ne te prépare pas des regrets éternels...

CHARLES.

Je ne puis comprendre...

MARIE.

Tu sauras tout. (Elle les amène mystérieusement sur le devant de la scène.) Mais avant, fais que je puisse entretenir un moment, sans témoin, celui dont la vue m'a causé tant d'effroi, et... (Tous trois font un geste très marqué de surprise.) Promets-moi, jurez tous que, pendant ce temps, vous garderez le silence sur sa culpabilité...

CHARLES.

Que je promette...

MARIE.

Je l'exige, mon fils!... vous hésitez! (A Charles.) Mon fils...

DUMONT.

Que penser

MARIE.

Eh! monsieur, je vous en supplie, cédez à ma prière, il y va de l'honneur et de la vie peut-être de celui à qui vous avez daigné accorder le nom de fils.

DUMONT.

Mais je ne puis sans nous compromettre vous laisser seule avec ce misérable.

PIERRE.

Il n'y a rien à craindre; M. Roger a placé autour de la maison ses dragons, et s'il voulait s'échapper, son affaire serait bientôt faite.

DUMONT.

Si M. Roger... mais il a la clef, comment faire?

PIERRE.

Ah diable!... attendez... j'ai encore le trousseau des clefs sur moi. (Il cherche.) Tenez, la voici

MARIE.

Donnez.

CHARLES.

Quoi! vous allez vous exposer seule avec un pareil homme?

MARIE.

Eh! qu'ai-je à craindre encore!...

DUMONT.

N'importe, nous restons ici près, et s'il fait la moindre violence... un seul cri... c'en est fait de lui...

PIERRE.

Le plus essentiel est d'empêcher M. Roger et ses dragons d'approcher d'ici. Quant à moi, qui ne suis pas du tout curieux de me trouver face à face avec ce vilain homme, je vais me mettre aux aguets, (à part.) mais du côté de la porte qui conduit à la maison, parcequ'on ne sait pas...

SCÈNE IX.

MARIE, seule.

Ah! mon fils! l'idée de te rendre ta mère digne de tes embrassements peut seule me donner le courage de supporter la vue de celui qui a causé tous mes malheurs, en l'engageant à profiter des généreuses intentions de Clémentine. Je lui arracherai les preuves de mon innocence.

(Elle hésite et se décide à ouvrir la porte.)

SCÈNE X.

MARIE, RÉMOND.

RÉMOND.

Que me veut-on?

MARIE.

Vous pouvez sortir.

RÉMOND, apercevant Marie.

Que vois-je!... ma femme!...

MARIE attend que Pierre soit hors de la vue du spectateur.

Je conçois votre étonnement, vous ne souffrez qu'avec peine la vue de celle dont vous avez causé le malheur.

RÉMOND.

Est-ce pour m'adresser des reproches que j vous vois encore?

MARIE.

Vous n'entendez pas tous ceux que vous méritez.

RÉMOND.

C'est bien à vous à me parler de la sorte!

MARIE.

Grand Dieu! n'était-ce donc pas assez qu'une fois j'eusse porté la peine due à vos méchantes actions, vous voulez encore rejeter sur moi la plus noir des forfaits? Le ciel n'a pas permis un tel excès d'horreur!

RÉMOND.

Qu'est-ce à dire?

MARIE.

Les véritables assassins sont connus.

RÉMOND.

Connus!

MARIE.

Oui! et votre trouble en ce moment me prouve qu'on ne s'est point trompé.

RÉMOND, froidement

Qui soupçonne-t-on?

MARIE.

Robert Macaire.

RÉMOND, à part.

Qu'entends-je!... (Haut.) Allez, le piège est trop grossier; on veut, je le vois, profiter de ma situation et troubler ma conscience.

MARIE.

Votre conscience!... ne vous reproche-t-elle jamais vos torts envers votre victime, la triste Marie?... Ah! si vous avez souhaité de les réparer, saisissez l'occasion qui se présente; une fois en votre vie, montrez-vous généreux, au moins pour votre fils, pour ce fils, digne d'un meilleur sort, et que votre infamie déshonore...

RÉMOND.

Marie!...

MARIE.

Rendez-lui l'honneur, la tranquillité; donnez-lui la certitude que sa mère ne fut jamais indigne de sa tendresse.

RÉMOND.

Quoi! j'avouerais...

MARIE.

Ne craignez rien. Nous déroberons votre tête à l'échafaud; oui, à l'échafaud : car vous nierez en vain votre crime. Quand votre trouble ne vous trahirait pas, la clef de la chambre de M. Germeuil trouvée dans la vôtre...

RÉMOND, à part.

Fâcheux incident! (Haut.) Cette clef! eh bien?

MARIE.

N'est pas une preuve suffisante, je le sais; mais elle peut vous mener à de nouvelles découvertes qui vous perdront infailliblement. Évitez votre perte. Personne que moi ne sait ici que vous êtes le père de Charles : vos aveux ne peuvent donc le compromettre. Tout-à-l'heure on m'offrait les moyens de fuir; innocente, j'ai dû refuser; mais je puis obtenir la même faveur pour vous. Avouez votre crime, dénoncez votre complice, et votre liberté vous sera rendue.

RÉMOND.

Ma liberté! (A part.) Si c'était un piège!

MARIE.

Hésitez-vous?

RÉMOND.

Non.

MARIE.

Ah! je cours sur-le-champ près de Charles, et je vous promets d'obtenir,..

RÉMOND.

Un moment.. Je préfère lui parler moi-même ici. Sait-il qu'il est mon fils?

MARIE.

Jusqu'à ce moment, je n'ai pu me résoudre à lui faire ce funeste aveu.

RÉMOND.

Je m'en charge.

MARIE.

Ah! comblez mes vœux, et je vous pardonne tous les tourments que je vous dois!

RÉMOND.

C'est bon, c'est bon, je l'attends.

MARIE.

Grand Dieu! fais pénétrer le repentir dans son ame perverse.

(Elle sort.)

SCÈNE XI.

RÉMOND, seul.

Oui, cette circonstance imprévue peut amener à des recherches... alors je n'aurais plus à craindre... seulement la prison... et ma tête!... tandis que le moyen offert me soustrait à toute poursuite... Mais Bertrand; ma foi, Bertrand paiera pour nous deux, c'est un parti pris.

SCÈNE XII.

RÉMOND, assis, BERTRAND au rez-de-chaussée du bâtiment à droite, à travers une fenêtre grillée. On voit au fond Marie qui parle à Dumont et à Charles. Charles se détache, il approche lentement, tandis que Bertrand dit les mots suivants.

BERTRAND.

Ah! ah! cette fenêtre donne sur la cour!... (Il secoue la grille.) Ces barreaux tiennent... plus que la porte que j'ai décrochée,.. Il serait vraiment fâcheux de s'arrêter en si bon chemin!

SCÈNE XIII.

LES MÊMES, CHARLES.

CHARLES, à Rémond.

Vous desirez me parler, m'a-t-on dit; que me voulez-vous?

BERTRAND, à part.

On parle... écoutons!

RÉMOND, à Charles.

Ma demande a dû vous surprendre?

BERTRAND, de même.

Rémond libre avec Charles?

RÉMOND.

La prévention défavorable qu'inspire un homme que la fatalité seule, cependant...

CHARLES.

Ne cherchez point à vous justifier à mes yeux; je ne suis point votre juge.

RÉMOND.

Dans un moment, peut-être, vous changerez de langage!

CHARLES.

Moi!...

RÉMOND.

Oui, toi.

CHARLES.

Ce ton...

RÉMOND.

Me convient... Demeure... Écoute, et songe que la vie de ta mère est dans mes mains.

CHARLES.

De ma mère!... (A part.) Il me fait frémir!

BERTRAND, à part.

Que va-t-il lui dire?

RÉMOND; il regarde.

Personne ne peut nous entendre?

CHARLES.

Personne.

RÉMOND.

Ton intérêt personnel, celui de Marie, ma position fâcheuse, que seul tu peux changer, voilà ce qui m'a fait desirer ta vue.

CHARLES.

Expliquez-vous.

RÉMOND.

Tu connais l'accusation portée contre ta mère?...

CHARLES.

Elle n'est pas coupable.

RÉMOND.

Elle sera condamnée.

CHARLES.

Malheureux!

RÉMOND.

Un seul homme peut la sauver.

CHARLES.

Qui?

RÉMOND.

Son époux!

CHARLES.

Son époux!... Où est-il?...

RÉMOND.

Devant toi!...

CHARLES.

Vous seriez...?

RÉMOND.

Ton père!...

CHARLES.

Dieu!...

BERTRAND, à part.

Cette nouvelle ne paraît pas lui faire plaisir...

CHARLES, se cachant la figure dans ses deux mains.

Non, vous m'abusez,...

RÉMOND.

Pourquoi t'abuser? demande à Marie!

CHARLES.

Ah! chaque trait de lumière est un coup de

foudre!... Par-tout autour de moi... le crime et
l'ignominie... Ma mère soupçonnée, et vous...
vous mon père!... ma tête s'égare...

RÉMOND.

Écoute; le temps est précieux. Je ne demande
point à ton cœur les sentiments d'un fils pour
un malheureux!... Mais veux-tu m'aider à réparer mes torts envers ta mère?

CHARLES.

Si je le veux?...

BERTRAND, à part.

Où veut-il en venir?

RÉMOND.

Veux-tu m'aider dans l'exécution d'un pro-
et qui dérobe ma tête au glaive, ta mère à
l'opprobre, et tes jours à la honte et aux regrets?

CHARLES.

Pouvez-vous en douter?

RÉMOND.

Ta promesse?

CHARLES.

Je vous la donne.

RÉMOND.

Elle me suffit. Je puis maintenant t'avouer
que Marie n'est pas coupable.

CHARLES.

Je le savais.

RÉMOND.

Les auteurs du crime sont en effet...

CHARLES.

Ne me les nommez pas! au nom du ciel!...

RÉMOND.

Soit. Crois-tu que nous passerons la nuit
ici?

CHARLES.

L'escorte qui doit vous conduire n'arrive,
dit-on, que demain.

RÉMOND, indiquant la maison dont il est sorti.

Il suffit. Cette porte ne donne-t-elle pas sur
la forêt?

CHARLES.

Oui!...

RÉMOND.

Il me faut d'abord cette clef et celle de cette
porte, un cheval au bout de ce mur, à l'entrée
du bois, à neuf heures. Là, j'irai te rejoindre
et te remettre les détails écrits du meurtre de
cette nuit; le nom de l'assassin sur qui l'on
doit trouver encore une partie de la somme.

BERTRAND, à part.

Ah! coquin! je te devine!...

RÉMOND.

Je quitte alors pour jamais le pays, je rends
Marie à la société désabusée, et le monde en-
tier ignorera que ton père...

CHARLES, l'interrompant.

Je consens à tout.

BERTRAND, à part.

Il paraît que nous lui aurons tous des obligations.

CHARLES.

Si je me rends coupable, si les lois me con-
damnent, c'est à la nature à me justifier, pour
tous, libre et loin de ces lieux, tâchez...

RÉMOND.

Les clefs?

CHARLES.

Tout-à-l'heure; je vais vous envoyer des
provisions, et je les cacherai dans un pain.

RÉMOND.

Et à neuf heures...

CHARLES.

Oui; là au bout du mur.

RÉMOND.

Pour n'être pas reconnu,... je voudrais..

CHARLES.

Un manteau...

RÉMOND.

Et des armes...

CHARLES.

Au fond du panier.

RÉMOND.

Et pour écrire?

CHARLES.

Dans l'armoire du bâtiment, où vous êtes,
se trouve tout ce qui vous est nécessaire.

RÉMOND.

Bon; à l'heure précise.

CHARLES.

Précise.

(Rémond rentre dans le pavillon, Charles l'enferme et se
retire.)

SCÈNE XIV.

BERTRAND, seul.

L'ai-je bien entendu! Ah! M. Rémond, vous
vous tirez d'embarras et vous y laissez vos
amis! Doucement, s'il vous plaît!... Nous ver-
rons... D'abord il faudrait sortir d'ici... (Il regarde.) Cette trappe... un petit escalier... mon-
tons!... (Il paraît à la fenêtre du grenier.) Une
corde... la poulie... (Il regarde penché en dehors.)
Personne!... On vient.

(Il passe la corde à sa cuisse et se descend lui-même.)

SCÈNE XV.

PIERRE, BERTRAND, RÉMOND.

PIERRE, parlant à la cantonade.

Oh! vraiment vous avez trop de bonté.

BERTRAND, à part.

Quelqu'un!... fâcheux contre-temps!...

(Il se blottit.)

PIERRE, entrant.

Est-y bon, c' monsieur Charles... et pour qui
encore!... pour un vaurien!...: Ah! si c'était
moi, je t'en donnerais, va, des manteaux,
pour te garantir de la froid... et à manger encore... il m'a donné une ben vilaine commis-
sion... J'aurais ben refusé... mais dam'!... il est
l'maître... Fais c' que j'te dis, qui m'a dit...
c'est une raison ça... allons!... Eh ben!... ous'
donc c' qu'c'est... Il n' m'a pas donné de clef...
comment que j'vas faire... j'irai pas la lui demander puisqu'il vient d'sortir pour aller...
Ah!... voyons donc... si j'pouvais par c'te fenêtre... j'serais pas fâché d'avoir c'te grille en-

tre lui et moi... Voyons un peu : (il approche.)
dites donc!... êtes-vous là?

RÉMOND, en dedans.

Qui est-ce qui m'appelle?

PIERRE, surpris.

O mon Dieu! c'est moi, monsieur; ne vous
dérangez pas, c'est M. Charles qui m'a dit de
vous apporter...

RÉMOND.

C'est bon , c'est bon, donne.

PIERRE, posant le panier à terre.

Tenez , voilà d'abord... de quoi vous tenir
chaud... si vous avez froid...

(Il passe le manteau à travers la grille.)

BERTRAND s'approche du panier et cherche dedans , il
aperçoit les armes, et un couteau.

Des armes!... main-basse là dessus.

PIERRE se retourne et prend le panier, Bertrand l'évite.

Maintenant que vous avez de quoi vous couvrir, v'là de quoi vous restaurer.

(Il lui passe le panier.)

RÉMOND.

Bien... maintenant... va-t-en;

PIERRE, à part.

Merci; (haut.) je ne demande pas mieux...
Ah çà, pourquoi donc M. Charles n'a-t-il envoyé des provisions qu'à celui-là ?... il aura oublié l'autre... ah! ben! ma foi, tant pis pour
lui... S'il a faim... il peut ben attendre à demain; car je n'ai pas envie de revenir. (Il sort.)

BERTRAND, seul.

Ah ! M. Rémond, vous me croyez votre
dupe!... Le traître!... il possède comme moi la
moitié des douze mille francs. Allons, Bertrand, un coup digne de toi... C'est par cette
porte qu'il doit sortir... un cheval l'attend... il
est à moi... (Il gagne le fond, monte sur le mur, et
neuf heures sonnent.) Neuf heures... Nous y voilà.

(Il disparaît.)

RÉMOND ouvre la porte du bâtiment.

Il m'a tenu parole, voilà bien les clefs...
mais je n'ai pas trouvé les armes qu'il m'avait
promises. (Il regarde par-tout.) Tout paraît tranquille... Partons! (Il va au fond, ouvre la porte.)
Je suis sauvé!...

BERTRAND, de l'autre côté du mur.

Pas encore.

RÉMOND.

Qui es-tu?

BERTRAND.

Bertrand! (On entend un bruit de gens qui semblent se battre.) Tiens, lâche...

(Un coup de pistolet.)

RÉMOND.

Je suis blessé...

(Il rentre et vient tomber sur le banc du pavillon.)

PIERRE, en dehors.

Arrête, coquin ! (On entend un coup de pistolet.)
Au secours! au secours!...

SCÈNE XVI.

TOUT LE MONDE, des flambeaux.

PIERRE paraît le premier.

Arrivez, arrivez, c'est de ce côté que vient
le bruit.

DUMONT.

Qu'y a-t-il?

PIERRE.

Ce scélérat vient d'assassiner un homme!

BERTRAND.

Je suis vengé!... (On relève Rémond.)

CHARLES le reconnaît en arrivant.

Que vois-je?

MARIE, à part.

Robert!...

PIERRE.

Nos prisonniers!...

MARIE.

Des secours!...

RÉMOND.

Inutiles... Marie, le ciel vous a vengée... (A
Roger.) Elle est innocente... celui qui m'a
frappé est l'assassin de Germeuil... son complice c'est moi...

TOUS.

Ah!

CHARLES, désespéré.

Il est donc vrai...

(Rémond mettant le doigt sur la bouche semble lui signi-
fier de retenir sa douleur.)

CLÉMENTINE, avec explosion.

Charles, votre mère est innocente!

RÉMOND, tirant un papier de son sein.

Lisez l'aveu de mes crimes, reprenez la
moitié de la somme dérobée... l'autre moitié...

BERTRAND, donnant l'autre moitié.

Ah mon Dieu! voilà le reste... je t'ai payé
comptant, ça me suffit.

ROGER.

Entraînez ce misérable... (On l'emmène.)

RÉMOND.

Marie!... Charles!... pardonnez-moi... je
meurs...

CHARLES veut s'élancer sur Rémond ; entraîné malgré
lui, il se découvrir.

C'est mon...

MARIE, vivement.

Silence!... Il n'est déjà plus.

FIN DE L'AUBERGE DES ADRETS.

Paris. — Imprimerie de DUBUISSON et Cie, rue Coq-Héron, 5